中华古典文学选本丛书

李 白 诗 选

沈文凡　孙千淇

选注

中华书局

图书在版编目(CIP)数据

李白诗选/沈文凡,孙千淇选注. —北京:中华书局,2023.3
(中华古典文学选本丛书)
ISBN 978-7-101-15766-6

Ⅰ.李… Ⅱ.①沈…②孙… Ⅲ.唐诗-诗集 Ⅳ.I222.742

中国版本图书馆 CIP 数据核字(2022)第 101654 号

书　　　名	李白诗选
选　　　注	沈文凡　孙千淇
丛 书 名	中华古典文学选本丛书
责任编辑	李若彬
责任印制	陈丽娜
出版发行	中华书局
	(北京市丰台区太平桥西里 38 号　100073)
	http://www.zhbc.com.cn
	E-mail:zhbc@zhbc.com.cn
印　　　刷	大厂回族自治县彩虹印刷有限公司
版　　　次	2023 年 3 月第 1 版
	2023 年 3 月第 1 次印刷
规　　　格	开本/880×1230 毫米　1/32
	印张 9¼　插页 2　字数 150 千字
印　　　数	1-5000 册
国际书号	ISBN 978-7-101-15766-6
定　　　价	36.00 元

怎样读李白诗

薛天纬

　　王国维曾把诗人分为"客观之诗人"与"主观之诗人"(《人间词话》),按照这种区分,李白属于后一类,他的诗基本上是以自我为表现对象的主观抒情诗。我们谈论怎样读李白诗,实际上指的是怎样读李白的抒情诗。

　　李白的抒情诗最好读。比如《静夜思》,妇孺皆知,至今仍是年轻父母对刚会说话的小儿进行启蒙教育时首选的"语言文学"教材。如《望庐山瀑布》《早发白帝城》《赠汪伦》《黄鹤楼送孟浩然之广陵》等,人们不一定记得住这些诗题,但只要提起第一句,大概小学以上文化程度的人都能流畅地背出来,理解诗意也绝无困难。

　　李白的抒情诗又最难读。一首《蜀道难》,"奇之又奇"(唐殷璠语,见《河岳英灵集》),当时就受到贺知章的激赏,历经千余年,解读至今,它的主题仍是唐诗研究者探讨的话题。《蜀道难》是用传统乐府旧题写成的七言古诗,李白还有不少名篇,是用当时新兴的歌行体写作的七言古诗,这些七古构成了李白抒情诗的核心内容,也正是我们要解读的重点。

　　解读李白的抒情诗,以方法论言,其大端有四:

　　一要知人论世。这是读诗的传统方法,也是非常科学的方法。知人论世,就是要弄清楚诗人生平的主要经历,并且把他的诗歌创作与生活经历联系起来,说明一首诗是诗人在怎样的生活背景下创作出来的,又反映了诗人当时什么样的特殊感情。研究诗人生平经历,属于考证性质的工作,所依据不外两个方面:一是正史中的本人传记及其他史籍、笔记、诗文中有关他的记载;二是他的诗文中关于自己生活经历的写实性内容。通常情况是,史籍关于诗人生平的记载往往很简约,诗人生平事迹主要靠自己的诗文来展示。李白作为“主观之诗人”,诗中较少写实性记述,这就给我们知人论世带来了很大困难,也造成解读李白诗歌的诸多失误。1962 年,稗山先生发表《李白两入长安辨》一文,提出李白于开元年间还有一次长安之行的新说。这一说法于 20 世纪 70 年代得到郭沫若的赞同与发挥。20 世纪 80 年代后,研究者们就此展开进一步探索,确认了李白约于开元十八年(730)“一入长安”,欲干谒求仕进,而以失败告终的基本事实,并把《行路难》等名篇定为“一入长安”失意后所作,从而使这些诗的内容得到了正确阐释。“两入长安”说的确立,是当今李白研究最重要的成果,也是知人论世的成功范例。

　　二要把握诗人感情活动的特征及变化轨迹。仍以“两入长安”言之。李白“两入长安”虽然都以从政理想的破灭而告结束,但“两入”的情况大不相同。“二入”是玄宗皇帝征召,李白在宫廷受到非比寻常

的恩宠，他一时踌躇满志，以为功业理想就要实现。孰料遭到权贵的
谗忌，因而被玄宗日渐疏远。再加上酷爱自由的他受不了宫廷生活的
拘束，所以，当功业理想破灭之后，他做出了上疏请还的选择。"二入
长安"带来了抒情诗创作的第二个高潮，《梦游天姥吟留别》（按：诗题
应为《梦游天姥吟留别东鲁诸公》，兹不详说）就是这一时期抒情诗的
代表作。将"一入"与"二入"两个时期诗作的感情相比较，可以明显
看出它们各自不同的特征及其间的变化轨迹："一入"诸诗，充满不平
与愤怒；"二入"之后，李白经历了无比的荣宠，也经历了巨大的幻灭，
他看透了仕途人生，清醒了，不抱希望了，因而远离了愤怒，显示出空
前的旷达与超脱。"一入长安"，李白虽然没有达到仕进的目的，但因
为他尚未走近朝廷，因而对皇帝仍抱有幻想，对前途并未失去信心，所
以诗中总是呈现失望与希望交织、痛苦中又能自我解脱的复杂感情，
而且诗末往往拖一条光明的尾巴。"二入长安"后，李白一时间对从政
失去兴趣，出世思想占了上风。从根本上说，李白终生都没有放弃他
的从政理想，但自"二入长安"后，每当在现实中遭遇重大挫折，出世
思想就会抬头。这是诗人进行自我精神疗救的一种方法，也反映为其
诗歌思想感情变化的一种规律。

　　三要正确理解诗中的比兴寄托。比兴寄托是中国诗歌从《诗经》
《楚辞》以来形成的艺术传统，也是李白抒情诗常用的表现方法。李
白诗的比兴，不是一般意义上的引类取譬或感物起兴，而是以象征手
法构建一个完整的诗歌意境，但言在此而意在彼，于眼前诗境中寄托

另一番深意。解读这类诗篇，带有较强的主观推测性，似乎难成定论。但如果我们从知人论世的角度，对诗人生平及其抒情诗的创作演变规律有了总体把握，那么，当我们把一首用象征手法写成的诗置于诗人抒情诗的总体系中加以考察，就可能比较顺达地对诗的寓意做出合理解释。比如《长相思》，起首云："长相思，在长安。"则诗应作于长安。诗中写道："美人如花隔云端。上有青冥之高天，下有渌水之波澜。天长路远魂飞苦，梦魂不到关山难。长相思，摧心肝！"这里所抒写的并非男女之情，而是诗人一入长安期间，无缘走近朝廷的企盼怅惘之情。白居易诗有云："帝乡远于日，美人高在天。"（《答崔侍郎钱舍人书问因继以诗》）正可拿来做李白诗中"美人"的注脚。美人者，人君也。这正是《楚辞》传统的复活。

李白抒情诗中有时会出现点破题旨的关键性句子，读诗时尤应注意。比如写于天宝末年的古题乐府《远别离》，诗中有句："君失臣兮龙为鱼，权归臣兮鼠变虎。"显而易见是对朝廷失计、逆臣坐大的政治形势的担忧。全诗围绕舜之二妃的故事展开，其实寄寓了李白远游之际系念君国的感情。

这里要说到，寻绎诗中的象征寓意，必须具有总体解说的合理性，不可主观妄断，亦不可求之过深。否则，就会走向事情的反面。

四要深刻体察李白精神的本质。上文谈论李白的抒情诗，中心话题是李白的功业情结。李白的功业情结反映了儒家文化传统造成的中国古代文人对社会和家国的责任感、使命感，也是他们实现自我人生价值的必然取向。这是要充分肯定的。但李白对功业的追求有一个前提，就是不能妨害精神自由，不能损伤独立人格。这有两层意思：一是《大鹏赋》所云"旷荡而纵适"，"顺时而行藏"，时运到来，他会高唱"仰天大笑出门去，我辈岂是蓬蒿人"（《南陵别儿童入京》），踏上仕进之路；而一旦感受到精神的压抑，"安能摧眉折腰事权贵，使我不得开心颜"（《梦游天姥吟留别》），他又会义无反顾地拂袖而去。二是他设计的完美人生，是"待吾尽节报明主，然后相携卧白云"（《驾去温泉宫后赠杨山人》），功业不过是人生应该实现的一个过程性目标，人生的归宿则是要回到大自然的怀抱中去寻找最终的精神自由。仕进功业与精神自由原是不相容也不可兼得的，但李白却是"鱼，我所欲也；熊掌，亦我所欲也"，他追求的是一种最完美的、毫无缺憾的人生，也是最符合人性的人生。就人性来说，既有个人发展的需求，又有精神自由的需求。李白精神的本质，说到底，就是在盛唐那个相对开明、较为适合人性发展的社会中，追求人性的完美实现。名篇《将进酒》正是李白精神的诗意表现，"天生我材必有用""人生得意须尽欢"，是对精神自由的歌唱。

至于开头提到的《静夜思》等脍炙人口的小诗，或抒写乡情，或抒写友情，或抒写面对山水美景时的精神愉悦，无不表现了人性某一方面的内容，只是人性在这里显得更为生活化，更贴近普通人的直接经验与心理感受。这正是这些小诗为人民大众所喜爱的原因。

我们当然还得说到李白抒情诗的艺术性。那是一种最个性化的艺术,它以天然真率为特征,摆脱任何拘束,不见丝毫用心。它脱口而出,一挥而就,不可效仿,不可重复,是在瞬间成就的永恒的美。对这种美,很难用理性的语言加以抽象表述,请读者诸君用心灵去感受就是了。

《文史知识》2001 年第 10 期

李白诗歌与自由精神

葛景春

李白是中国古代诗人中最具有自由精神与独立人格的一位狂放诗人。他的自由意识与独立人格，是先秦士人自由精神的回归，是对魏晋士人特立独行人格的继承与发扬。自由精神是李白精神的核心，李白精神就是自由精神，李白的形象，就是中国诗歌史上的"自由诗仙"形象。李白精神，远远超出了文学的领域，成为中国的一种文化现象。我们今天解读李白，主要从李白自己的诗歌出发。做为一个诗人，他的自由精神也主要体现在他的诗歌中。具体来说，主要表现在他诗歌创作中的诗体形式的自由、诗法技巧的自由、艺术空间的自由和思想意识的自由四个层面上。

一、自由的诗体形式

李白有一个自由的灵魂，所以，他的诗歌大部分是形式自由的古体诗，其中包括四言体、五古、七古（含杂言体）、楚辞体（即骚体）等。他有五律88首、七律8首（其中一首有人认为是伪作）、五绝83首、七绝85首。他擅长以形式自由的古体诗来抒发不羁的思想感情，他的许多名篇都是五、七言古诗(其中有些是拟古的乐府诗)。他的近体诗,有的失粘,有的失对,有的无对仗,如五律《夜泊牛渚怀古》;有的不尽合律,如七律《登金陵凤凰台》《鹦鹉洲》等。闻一多说,李白的律诗也有着"古诗的灵魂",这个评价是很到家的。他的绝句也有不少不合律的古绝,如《静夜思》《山中与幽人对酌》等。难道说李白不会写格律诗吗? 非也。他在醉中为唐明皇所作的十首(现存八首)《宫中行乐词》,就是格律严谨、对仗精工的一组五律。可见他并不是不善于写律诗,而是"薄其声律"而已。赵翼评其诗曰:"青莲集中古诗多,律诗少。五律尚有七十余首,七律只有十首而已。盖才气豪迈,全以神运,自不屑束缚于格律、对偶,与雕绘者争长。然有对偶处,仍自工丽;且工丽中,别有一种英爽之气,溢出行墨之外。"(《瓯北诗话》卷一)这就是说,李白更愿以形式自由的古体诗来表达他奔放不羁的豪情,驰骋其无拘无束的自由想象。胡小石先生说:李白的主要成就是他完善并完成了汉魏以来的古体诗,对盛唐以前的古体诗是个完美的"结束"。这可视作对李白的定论。

二、自由的诗法技巧

李白的诗歌在诗法技巧与章法布局方面,是"跟着感觉走",很少讲章法与规矩,遵循的是一种情感的逻辑,或者说是自然的逻辑。他的诗任情而发,随意流走,自然天成,很少有人工雕琢的痕迹。按照他自己的说法,就是"清水出芙蓉,天然去雕饰"。总之,李白的诗法,随一己之天性,任情发挥,全凭情感之自然,如天马行空,无所羁勒;如天上行云,随风变幻。全得于无法之法,真可谓自由之极。其实,无法之法也是从有法中来,正如庄子所说"既雕既琢,复归于朴"(《庄子·山木》),只是"大巧无形"而已。其实李白在少年时,是对诗赋下过苦功夫的,他曾"三拟《词选》,不如意,悉焚之,唯留《恨(赋)》《别赋》"(段成式《酉阳杂俎·前集》卷十二)。他少年时的诗也多是律诗,他是从有法到无法,是由技进于道,由必然王国进入自由王国的。明人方孝孺则认为,李白与庄子都是天才,而非学而致得:"庄周、李白,神于文者也,非工于文者所及也。文非至工则不可以为神,然神非工之所至也。当二子之为文也,不自知其出于心而应于手,况自知其神乎? 二子且不自知,况可得而效之乎?"(《逊志斋集》卷十二)庄子与李白虽是天才,然而正如鲁迅所说:"即使天才,在生下来的时候的第一声啼哭,也和平常的儿童的一样,决不会就是一首好诗。"(《坟·未有天才之前》)光有天分,没有后天的努力学习,也成不了天才的。文学艺术上的天才,只有掌握并超越了常规,才能随心所欲而不逾矩,达到自由的境地,即从有法到无法,才能达到"道法自然"的艺术的至境。

三、自由的艺术空间

李白诗歌的自由精神,表现在诗歌艺术空间的层面上,则是他的诗思任意地穿行于现实与非现实之间。做为一个理想主义的浪漫型诗人,他的诗歌不拘于现实的束缚,常在超越现实的想象空间中飞翔。

他的艺术思维基本上是主观幻想型的。这一点与现实主义的诗歌大师杜甫的客观写实型的思维方式大不相同。所谓幻想型思维,即这种思维方式并不严格遵守现实的逻辑,它是一种超现实的主观玄想型的思维方式,我们今天一般称作浪漫主义的思维方式。法国大诗人、作家雨果更是一针见血地指出:"浪漫主义,其真正的定义不过是文学上的自由主义而已。"(《欧那尼·序言》)这指出了浪漫主义的本质在于作家文学创作中艺术空间的自由扩展与创作思维的自由。基于这种思维方式,李白打通了主观与客观之间的阻隔、现实世界与幻想世界的界限,他的诗思可以在天上、人间、历史与神话中任意漫游,极大地扩展了空间和自由度,像行空的天马一样,自由地驰骋于诗国的广阔天地之中。

四、自由的思想意识

李白诗歌形式的自由、诗法技巧的自由与艺术空间的自由的种种体现,深入到精神哲理的层次,即来源于他思想意识的自由。

我们过去研究李白,总是把他当作一个纯粹的诗人来看待,认为他的思想不过是儒、释、道思想的大杂烩,这实在是小看了李白。其实李白在唐代的诗人中,是一个很有哲理思想的人,他的诗歌是很富有哲理精神的。把他当作唐代的思想家来看待,一点也不为过。他的思想不但继承了儒家的理想主义、老庄的自由精神及释家的禅理玄辩,而且其意识在唐代相当超前。李白独立的人格精神、忧深的批判意识和对自由理想的追求,在古人中都是少有的,堪称中国思想解放的先驱。

李白从来不为儒家传统的思想所束缚。他对历史的经验有深刻了解,并不轻信儒家经史的所有记载。特别是有了三年宫廷生活的实地见闻后,他对上层社会的腐朽、统治集团内部的钩心斗角、人性扭曲,看得很透,他在安史之乱前就看出了"君失臣兮龙为鱼,权归臣兮鼠变虎"(《远别离》)的大唐社稷的巨大隐患,认为正史上所说的尧、舜禅让之事都是些骗人的鬼话,而所谓野史稗说的《竹书纪年》中的记载反而近于历史的原貌。他能跳出传统的认识与旧的思路,审视历史与现实,他对现实的深刻批判来源于老庄以超越的眼光来审视宇宙和人生的批判哲学。

特别应提出的是李白的独立人格精神。这是李白思想的亮点,应予大书特书。独立人格精神是人的自我意识的觉醒,在儒家群体人格占统治地位的封建社会里,这种精神难能可贵。虽然士人的独立意识在先秦"处士横议"的时代特别突出,但汉武帝"独尊儒术"以后,士人的独立人格意识已大为萎缩,东汉末年至魏晋南北朝又有所觉醒和体现,但像李白的个性之鲜明、行为之狂放、人格之傲岸,仍很少见。在杜甫《饮中八仙歌》中,李白之独立个性也最为突出:"天子呼来不上船,自称臣是酒中仙。"

李白的自由精神,从现实生活的根源上来说,来源于盛唐时代的自由风气、李白的商人或平民家庭,及其与中亚文化有密切关系的家世。这些共同造就了他自由的个性，又遇上空前开放的时代，故李白的自由精神有着鲜明的个性特征与时代特征。而从思想渊源上来说，李白的自由精神主要来自庄子的"乘天地之正，而御六气之辩，以游无穷"（《逍遥游》）的逍遥思想与"天地与我并生，万物与我为一"（《齐物论》）的天人合一思想。只是庄子的思想主要是"坐忘"式的冥想，而李白却拿来在现实生活中实践，故他在现实中不免遇到挫折，却也成就了他的诗歌。他的理想在政治生活中是失败了，但他的自由精神却在诗歌中得到了充分的体现，成了中华民族追求自由与理想的一盏明灯。

《中国中古文学研究——中国中古（汉—唐）文学国际学术研讨会论文集》，学苑出版社 2005 年版

目 录

访戴天山道士不遇[1]

犬吠水声中，桃花带露浓。
树深时见鹿，溪午不闻钟[2]。
野竹分青霭[3]，飞泉挂碧峰[4]。
无人知所去，愁倚两三松。

此诗大约作于李白早年在戴天山大明寺读书之时。全诗共有八句，写访友"不遇"。前六句在往"访"中写景，景色秀美；末两句转而抒情，怅惘"不遇"，情致婉转。

全诗"无一字说道士，无一句说不遇，却句句是不遇，句句是访道士不遇"（吴大受《诗筏》），可见艺术构思巧妙非常。王夫之评价此诗说："全不添入情事，只拈死'不遇'二字作，愈死愈活。"（《唐诗评选》卷三）道出了此诗不尽妙处。

1 戴天山：又名大匡山、大康山，在今四川江油市。
2 "树深"二句："时见鹿"反衬不见人，"不闻钟"暗示道士外出。时，常常。
3 分：分开，冲破。青霭：青色的云气，暗指天色已晚。
4 飞泉：指瀑布。

峨眉山月歌¹

峨眉山月半轮秋²，影入平羌江水流³。
夜发清溪向三峡⁴，思君不见下渝州⁵。

开元十三年 (725) 秋，李白游峨眉山。他从峨眉山沿平
羌江 (青衣江) 东下，至渝州，写下了《峨眉山月歌》。时李白
初离蜀地，此诗表现了他对故乡山水和友人的依恋。

全诗共四句，开篇两句写月，以"峨眉山"来修饰"月"，
月为峨眉独有之月，可见爱月缘于乡情。末二句写舟行，由
"清溪"向"三峡"，明月相随而思君不见。

本诗表面写月，而实亦写人，峨眉山月即峨眉山人。王麟
洲评此诗："四句入地名者五，然古今目为绝唱，殊不厌重。"
(《艺圃撷余》)

1 峨眉：即峨眉山，在今四川峨眉山市西南。

2 半轮秋：半圆的秋月。

3 平羌 (qiāng)：即平羌江，又名青衣江，在峨眉山东北。

4 发：出发。清溪：指清溪驿，在今四川犍为县清溪镇。

5 君：指峨眉山月。不见：形容山高遮月。渝州：即今重庆
市一带。

渡荆门送别 [1]

渡远荆门外[2]，来从楚国游[3]。
山随平野尽，江入大荒流[4]。
月下飞天镜，云生结海楼[5]。
仍怜故乡水[6]，万里送行舟。

　　这首诗是李白离蜀东下时在荆门外所作，生动地描写了诗人乘舟自蜀中出荆门的所见所感，表现出作者豪放不羁的情怀。全诗共八句，开篇即点明自己出游的路径。诗人来自蜀地，远在"荆门外"，而"楚国"是目的地，出了荆门山便意味着离蜀入楚，诗人常在蜀地，一朝离别，自然感慨万千。诗中三四句如一幅长轴山水图，秀美如画，脍炙人口。

1　荆门：即荆门山，在今湖北宜都市西北、长江南岸。

2　渡远：乘船远行。

3　楚国：泛指今湖北、湖南一带，其地春秋战国时属楚国。

4　大荒：此指广阔的原野。

5　海楼：即海市蜃楼。

6　怜：爱。故乡水：指流经四川的长江。作者把四川当作故乡，长江自蜀东流，故称。

秋下荆门

霜落荆门江树空[1]，布帆无恙挂秋风[2]。
此行不为鲈鱼脍[3]，自爱名山入剡中[4]。

———　此诗作于诗人开元十三年（725）第一次出蜀远游之时，饱含着作者对未来锦绣前程的美好憧憬，洋溢着积极而浪漫的热情，体现了李白浪游吴越、搜奇探胜的豪情逸兴。全诗四句，写景、叙事、议论各具形象，笔式灵活而又自然，生动地表现了诗人"仗剑去国"的热情。四句诗连用两个典故，而读来毫无堆砌之感，达到了语如己出、灵巧活泼、生动自然的境界。

———　1　江树空：江树树叶经霜落尽。

2　布帆：这里借用顾恺之的典故，表示旅途平安。

3　鲈鱼鲙：西晋吴人张翰，在洛阳做官时，见秋风而想到家乡莼菜羹、鲈鱼脍的美味，就辞官归乡。

4　剡（Shàn）：地名，在今浙江嵊（Shèng）州市、新昌县一带。

荆州歌[1]

白帝城边足风波[2]，瞿塘五月谁敢过[3]？
荆州麦熟茧成蛾，缫丝忆君头绪多[4]，
拨谷飞鸣奈妾何[5]！

—— 此诗描写了荆州农妇忆念其在外之夫，为夫君旅途风险担忧、思念远行丈夫的真挚感情。诗人以细腻的笔法生动地塑造了思妇在繁重的劳动中思念远方丈夫的情景，并将思妇复杂的情感刻画得淋漓尽致，表达了诗人对劳动人民苦难的同情，同时也赞扬了质朴、勤劳的农民。全诗语言清新淳朴，民歌色彩浓厚。此诗"古质入汉，得风人之遗韵。乐府妙处如是如是"（《唐宋诗醇》）。杨慎评曰"此歌有汉谣之风"，"可入汉魏乐府"（《李诗选》）。

—— 1　荆州：今湖北荆州一带。

2　白帝城：在今重庆奉节县东。城在高山上，西临大江。足：多。

3　瞿塘：长江三峡之一，古时行人由水路入川的必经之路，靠近白帝城，连崖千丈，水流湍急，中多礁石，夏季江水暴涨，礁石隐没水中，行船十分危险。

4　缲(sāo)：同"缫"。缲丝，把蚕茧浸在热水里抽丝。"丝"与"思"双关。君：女子的丈夫。

5　拨谷飞鸣：指农忙季节已到。拨谷，布谷鸟。妾：诗中女子自称。

望庐山瀑布二首（其二）

日照香炉生紫烟[1]，遥看瀑布挂前川。
飞流直下三千尺，疑是银河落九天。

———　庐山在今江西九江市南，风景秀丽，有"匡庐奇秀甲天下"之称。庐山上的香炉峰因状如香炉又常有云雾缭绕而得名。开元十四年（726），李白游襄汉，上庐山，作此诗。此诗主要描写庐山瀑布的宏伟壮阔，以及诗人遥望瀑布的奇特感触。全诗共四句，洋溢着浓厚的浪漫主义色彩。前两句写香炉峰之景，秀美奇丽。第三句极写瀑布的动态。末句"疑是"二字巧妙传神，描绘了一幅生动、逼真的瀑布图景，同时给人以想象的空间，余韵无穷。

———　1　香炉：即香炉峰。紫烟：紫色的云雾。

望庐山五老峰 [1]

庐山东南五老峰，青天削出金芙蓉 [2]。
九江秀色可揽结 [3]，吾将此地巢云松 [4]。

此诗是咏庐山美景的佳作，生动地描写了庐山五老峰的峭拔秀丽。全诗共四句，首句紧扣诗题，开门见山，点明五老峰的位置。次句比喻出奇，赞叹五老峰秀美如盛开的"金芙蓉"。其中"削"字极妙，使五老峰的险峻陡直更为传神。此为仰视视角。三句"揽结"又出新意，转换为俯视视角，再次咏叹五老峰的陡直之势。末句收束前文，点出作者的出世之心。前人评此诗曰："纯用古调，次句亦秀削天成。"（《唐宋诗醇》）

1 五老峰：庐山东南部的高峰，形状如五位老人并肩而立，是庐山胜景之一。李白曾在此地筑舍读书。

2 削出：形容山势陡峭。芙蓉：荷花。

3 揽结：采集，此处指站在五老峰上可尽览九江景色。

4 巢：隐居。

长干行二首（其一）

妾发初覆额[1]，折花门前剧[2]。

郎骑竹马来[3]，绕床弄青梅[4]。

同居长干里，两小无嫌猜。

十四为君妇，羞颜未尝开[5]。

低头向暗壁，千唤不一回。

十五始展眉[6]，愿同尘与灰[7]。

常存抱柱信[8]，岂上望夫台[9]？

十六君远行，瞿塘滟滪堆[10]。

五月不可触[11]，猿声天上哀。

门前迟行迹[12]，一一生绿苔。

苔深不能扫，落叶秋风早。

八月蝴蝶黄[13]，双飞西园草。

感此伤妾心，坐愁红颜老[14]。

早晚下三巴[15]，预将书报家。

相迎不道远[16]，直至长风沙[17]。

——　　此诗是一篇以商人妇思夫为题材的极富民歌风情的作品。全篇采用独白式叙事，以景为衬，描述了幼年相处、结婚、远别等几个生活阶段，把叙事、写景、抒情巧妙地结合在一起，通过富有生活情趣和极能概括主人公性格的典型细节及心理侧面，反映主人公的内心世界，一个深情缱绻的少妇形象跃然纸上。此诗语言朴素清新，用韵多变，音节流转和谐。全诗脉络清晰，基调爽朗明快，以时间为序进行记叙，颇具乐府民歌风采。成语"青梅竹马""两小无猜"分别出自此诗三四、五六句。

1   妾：古代女子自称。诗用第一人称，是少妇的自白。初覆额：头发刚刚盖住额角，形容年幼。

2   剧：戏，游玩。

3   郎：指女子现在的丈夫，也就是童年时代的伙伴。竹马：玩具，幼童跨着竹竿当马骑。

4   绕床弄青梅：小儿女互相追逐，投掷青梅为戏。床，庭院中的井栏。弄，戏。

5   未尝开："抹不开脸"的意思。

6   展眉：眉眼才舒展开。

7   愿同尘与灰：意思是相爱之深到了愿同生共死的程度。

8   存：指存有某种想法。抱柱信：典故出自《庄子·盗跖》，传说尾生和情人约定在桥下相会，对方在约定的时间内没有来，这时大水忽然来了，尾生坚守信约不离开，抱着桥柱，被水淹死。比喻彼此终生相守。

9　望夫台：即望夫石，传说古代有一个女子，因思念远离家乡的丈夫，天天登山眺望，最后变成了一块石头，还保持着引颈眺望的形象。后人因称此石为望夫石，山为望夫山。

10　瞿塘：即瞿塘峡，三峡之一，在今重庆奉节县境内。滟滪堆：瞿塘峡口一块危险的大礁石，1959 年冬已炸除。

11　不可触：滟滪堆在五月江水猛涨时，大部没入水中，仅露出顶部一小块，行船很容易触礁出事，所以说"不可触"。

12　迟：等待。

13　蝴蝶黄：据说秋天的蝴蝶多为黄色。

14　坐：因。

15　早晚：何时，什么时候。下三巴：由三巴顺流东下，即由蜀地返回故乡（三巴是巴郡、巴东、巴西的统称，相当于今重庆市，这里泛指蜀地）。

16　不道远：不说远，不嫌远。

17　长风沙：地名，又叫长风夹，在今安徽安庆市东长江边。

金陵城西楼月下吟[1]

金陵夜寂凉风发，独上高楼望吴越[2]。
白云映水摇空城，白露垂珠滴秋月。
月下沉吟久不归，古来相接眼中稀。
解道澄江净如练[3]，令人长忆谢玄晖[4]。

开元十四年(726)，李白游金陵时，月夜独登城西孙楚酒楼作此诗。前二句写秋夜临江古城之景，生动传神。三四句"摇""滴"二字使用巧妙，使静止的画面活泛起来，意趣横生，令人心驰神往，充满了浪漫主义色彩。五六句笔锋一转，由景及情，作者慨叹人世茫茫，知音难觅，自己怀才不遇，心情苦闷。末句作者想到谢朓，引为知音。明人批此诗："浅语自妙。""'白云'二语写景神好。""末二语所谓英雄识英雄，美人怜美人也。"

1 城西楼：指金陵城西的孙楚酒楼。
2 吴越：泛指今江苏、浙江一带。
3 解道：会说。澄江净如练：南齐诗人谢朓的名句。练，洁白的熟绢。
4 玄晖：谢朓的字。

金陵酒肆留别¹

风吹柳花满店香，吴姬压酒唤客尝²。
金陵子弟来相送³，欲行不行各尽觞⁴。
请君试问东流水，别意与之谁短长⁵?

此诗是李白离开金陵东游扬州时留赠友人的话别之诗。全诗语言清新明快、热情洋溢，反映出了李白的豪放个性及与金陵友人的深厚感情。李白在柳絮飘飞的时节与友人话别于小酒馆，依依惜别，更觉情长。诗人悠然欲醉，与相送者"各尽觞"。绵长情谊中顺势落出结句，以含蓄的笔法，余韵袅袅地结束全诗。此诗用唱叹笔法而不哀伤，悠扬跌宕，表现出了诗人丰采华茂、风流潇洒的情怀。

1　酒肆：酒家。
2　吴姬：吴地的女子。这里指酒店中的侍女。压酒：榨糟取酒。古时新酒酿熟，临饮时方压糟取用。
3　子弟：年轻人。
4　欲行：要走的人，指李白自己。不行：相送的人，指金陵子弟。尽觞（shāng）：干杯。
5　之：指"东流水"。

夜下征虏亭 [1]

船下广陵去[2]，月明征虏亭。
山花如绣颊[3]，江火似流萤[4]。

　　本诗语言优美，意境如画。诗人乘小舟于碧波之上，回望那高高的征虏亭，轮廓格外清晰。山花美若少女初妆之面，江上渔火隐隐，宛若流萤。全诗共四句，构成了一幅美丽的江夜画卷。诗的语言轻巧明快，对景物的描画堪比速写。李白从动态中捕捉景象，提取精华，以简单的线条迅速勾勒形象，状物虽寥寥数笔，却神韵尽现。诗人用一幅画卷，形象地描绘了从征虏亭到广陵一带的江中夜景，表现了对祖国河山的美好感情和出游的欣悦之情。

1　征虏亭：东晋时征虏将军谢石所建，故址在今江苏南京市南郊。
2　广陵：郡名，在今江苏扬州市一带。
3　绣颊(jiá)：涂过丹脂的女子面颊。这里借喻岸上鲜花的娇艳。
4　江火：江船上的灯火。流萤：飞动的萤火虫。

横江词六首（其五）

横江馆前津吏迎[1]，向余东指海云生[2]。
郎今欲渡缘何事[3]？如此风波不可行！

开元十四年（726），李白游横江浦，面对惊涛拍岸、白浪连天的长江，他以夸张的语言，以组诗形式描绘了一幅汹涌澎湃的长江天险图。此诗为组诗的第五首，全诗共四句，首二句写津吏与李白相逢于驿馆，津吏以直观的动作为李白指路；三四句则写津吏劝诫李白如此风波不可渡江。此诗妙在不仅有主客双方对白，而且还适时佐以动作，画面栩栩如生，十分真实。此诗语言自然，形象动人，在表现形式上爽朗明快、一气呵成。

1　横江馆：横江浦渡口的驿馆。津吏：管理渡口的小吏。
2　海云生：指海上升起了云雾，这是大风雨的预兆。
3　郎：古时对年轻男子的称呼。这里是津吏对作者的称呼。
缘何事：为了什么事。

静夜思

床前明月光，疑是地上霜。
举头望明月，低头思故乡。

———

这是一首清新自然的抒情小诗，表达作者羁旅夜宿时的思乡之情。全诗以"月"为中心描写静夜之景。首句作者看到床前的月光，二句疑其为霜，三句再望明月，末句直抒思念之情。一切景象都是那么自然天成，不加雕饰。这首明白如话的小诗平中蕴趣，淡而有味，丝毫不会让人感到单调。末句凝结了诗人的全部思绪，道出其怀乡之情。此诗只捕捉了生活中一个小小的片段进行描写，以情观物，让人回味无穷。

黄鹤楼送孟浩然之广陵 [1]

故人西辞黄鹤楼 [2]，烟花三月下扬州 [3]。
孤帆远影碧空尽，唯见长江天际流。

　　开元十六年（728）春，李白在武汉黄鹤楼送孟浩然赴广
陵，作此诗。全诗共四句，描写了一场充满诗意的离别。首句
点明送别之地为黄鹤楼，黄鹤楼本身即充满诗意。二句道出
送别时间是明艳美丽的三月，渲染出一片繁花似锦的气象。
"烟花"二字，把环境中的诗意渲染到了极致。末二句构成了
一幅送别的景象，孤帆的余影渐尽于碧空，唯江水远流不息。
诗人目送孤帆而不曾离去，这是诗人与友人深情厚谊的体现，
更昭示着作者的无限向往之情。

1　黄鹤楼：在今湖北武汉市，我国四大名楼之一。之：前往。
2　故人：指孟浩然。西辞：武汉在扬州之西，所以说"西辞"。
3　烟花：指春天艳丽的景色。

襄阳歌

落日欲没岘山西[1]，倒着接䍦花下迷[2]。

襄阳小儿齐拍手，拦街争唱《白铜鞮》[3]。

傍人借问笑何事，笑杀山公醉似泥[4]。

鸬鹚杓[5]，鹦鹉杯[6]，

百年三万六千日，一日须倾三百杯。

遥看汉水鸭头绿[7]，恰似葡萄初酦醅[8]。

此江若变作春酒，垒曲便筑糟丘台[9]。

千金骏马换小妾，醉坐雕鞍歌《落梅》[10]。

车旁侧挂一壶酒，凤笙龙管行相催[11]。

咸阳市中叹黄犬[12]，何如月下倾金罍[13]？

君不见晋朝羊公一片石[14]，龟头剥落生莓苔[15]。

泪亦不能为之堕[16]，心亦不能为之哀。

谁能忧彼身后事，金凫银鸭葬死灰[17]。

清风朗月不用一钱买，玉山自倒非人推[18]。

舒州杓[19]，力士铛[20]，李白与尔同死生。

襄王云雨今安在[21]？江水东流猿夜声。

———　　此诗为李白的醉中歌。作者用醉酒的眼光来看待一切，实际上亦是以诗意的眼光来看待和思索世界。全诗开头即用典，表现自己酒醉的状态，并认为人生百年，每天都应喝上三百杯酒。李白在酒意正浓时觉得自己的纵酒生活就是宰相也莫能相比，这样的生活何等潇洒、适意！篇末再次宣扬纵酒行乐，认为此等乐趣王侯莫比。此诗表现了作者对自己浪漫生活的欣赏和陶醉，以直率的笔调勾勒出了一个天真烂漫的醉人形象，生活气息浓厚。

1　岘（Xiàn）山：又名岘首山，在今湖北襄阳市南，东临汉水，为襄阳南面要塞。

2　倒着接䍦（lí）：倒戴着头巾。接䍦，古代的一种头巾。

3　《白铜鞮（dī）》：曲名，也叫《襄阳白铜鞮》。

4　山公：指山简，西晋时人，曾镇守襄阳。山简好酒，童谣说他醉后"倒着白接䍦"。

5　鸬鹚杓（lú cí sháo）：一种形如鸬鹚颈的舀酒勺子。

6　鹦鹉杯：似鹦鹉嘴形状的酒器。

7　鸭头绿：翠绿的颜色。

8　葡萄初酦醅（pō pēi）：刚酿成的绿色葡萄酒。酦醅，没有滤过的重酿酒。

9　曲：酒母，酿酒时用。

10　《落梅》：曲名，即《落梅花》。

11　凤笙：笙形如凤。龙管：指笛，相传笛声如龙吟。

12 叹黄犬：秦李斯被杀时曾对他的儿子说："我要与你再牵黄犬出上蔡东门逐狡兔，哪里还可能呢！"

13 金罍(léi)：古代酒器，木制饰金，刻着云雷纹，故称。

14 羊公：即羊祜，字叔子，西晋大将，泰山南城(今山东龙口市)人。羊祜镇守襄阳，受到百姓爱戴，因其生前常登岘山，百姓在岘山为他立庙刻碑，"一片石"指此。

15 龟头：旧时石碑下面常刻有一个名叫赑屃(bì xì)的动物，头伸出碑前。因形状像龟，故称龟头。

16 泪亦不能为之堕：襄阳百姓感念羊祜，见其碑便落泪，羊祜的继任者杜预遂称其碑为"堕泪碑"。

17 金凫银鸭：指帝王陪葬物。金凫，金铸的凫。银鸭，镀银的鸭形香炉。

18 玉山自倒：形容喝醉了酒，摇摇欲倒的样子。玉山是称赞曹魏名士嵇康的话，形容仪容美好。

19 舒州：今安徽潜山县，唐时这里出产的酒器很有名。

20 力士铛(chēng)：用力士瓷制成的温酒器。力士瓷是唐代豫章(今江西南昌市)出产的一种名瓷。

21 襄王云雨：襄王即楚襄王，云雨指楚襄王欢会巫山神女之事。

江上吟 [1]

木兰之枻沙棠舟[2]，玉箫金管坐两头[3]。
美酒樽中置千斛[4]，载妓随波任去留[5]。
仙人有待乘黄鹤，海客无心随白鸥[6]。
屈平词赋悬日月，楚王台榭空山丘[7]。
兴酣落笔摇五岳[8]，诗成笑傲凌沧洲[9]。
功名富贵若长在，汉水亦应西北流。

此诗大约是李白开元二十二年(734)游江夏时所作。全
诗表现了诗人对庸俗现实的蔑弃，以及对自由、美好的生活理
想的追求。首段四句，渲染游江所见的景色，隐隐透出一种出
世绝尘的气氛。中四句两两对比，属对精整，嘲弄意味浓厚。
结尾四句，极意强调夸张，酣畅恣肆，显示出无尽的力量。全
诗十二句，形象鲜明，感情激越，气势豪放，一气呵成。王琦评
此诗："似此章法，虽出自逸才，未必不少加惨淡经营，恐非斗
酒百篇时所能构耳。"(《李太白全集》卷七《江上吟》注)

1　江：指汉江。
2　木兰：香木名，又名紫玉兰。枻(yì)：船桨。沙棠：传说汉
成帝曾以沙棠木为舟，人食沙棠木果入水不沉。

3　玉箫金管：用金玉装饰的箫笛，这里指吹奏的乐人。

4　樽(zūn)：酒器。置：盛放。斛(hú)：量器名，古时十斗为一斛。

5　妓：歌女。

6　乘黄鹤：传说曾有仙人骑黄鹤飞过了汉水。海客：住在海滨的人。无心：指没有机诈之心。

7　屈平：即屈原，战国时期楚国人。楚王：指楚怀王和楚顷襄王。台榭：泛指亭台楼阁。

8　酣：浓。落笔：挥笔。摇：震撼。五岳：指东岳泰山、西岳华山、南岳衡山、北岳恒山、中岳嵩山。

9　笑傲：嘲笑和轻视。沧洲：水边，古时常用以指隐士或神仙居住的地方。

春夜洛城闻笛 [1]

谁家玉笛暗飞声，散入春风满洛城。
此夜曲中闻《折柳》[2]，何人不起故园情！

　　开元二十三年 (735)，李白客居洛阳时作此诗。一个春风吹拂的夜晚，万家灯火已熄，忽然传来悠扬的笛声，清扬婉转，飞遍整个洛城。远离家乡的人夜闻此声，谁能不起思乡之情？全诗紧扣一个"闻"字，书写自己闻笛的感受。二句是艺术的夸张，诗人想象这笛声会传遍整个洛城，引起许多听众的共鸣。热爱故乡与爱国同样是崇高的情感，李白此诗写闻笛，却不仅限于对音乐的描写，还表达了对故乡的思念之情，这才是此诗真正动人之处。

1　洛城：指洛阳。
2　《折柳》：即《折杨柳》，乐府"鼓角横吹曲"调名，内容多写离情别绪。

五月东鲁行答汶上翁[1]

五月梅始黄，蚕凋桑柘空[2]。
鲁人重织作，机杼鸣帘栊[3]。
顾余不及仕，学剑来山东[4]。
举鞭访前涂[5]，获笑汶上翁。
下愚忽壮士[6]，未足论穷通[7]。
我以一箭书[8]，能取聊城功。
终然不受赏，羞与时人同。
西归去直道[9]，落日昏阴虹[10]。
此去尔勿言，甘心为转蓬[11]。

　　这首诗是开元二十四年（736）李白初游鲁地之作。诗前八句写作者因尚未做官，所以来山东学剑，访问前途时被汶上翁所讥笑，他作此诗来反驳嘲笑自己不及早做官的汶上翁。后十句，作者表明自己有建功立业的抱负和才干，并且指明自己不为富贵利禄所动，决心寻师访友，以实现自己的夙愿。全诗条理清晰，有力地反驳了汶上翁，并点明自己不愿与时人相同，只欲追寻自己认为正确的道路，不须他人多言。此诗也暗暗表明了作者坚毅果敢的个性。

1　东鲁：指今山东曲阜市一带地方。汶上：即今汶上县，在山东境内。

2　蚕凋：指蚕事已毕。柘(zhè)：又名黄桑，落叶灌木，叶可饲蚕。

3　织作：纺织。机杼(zhù)：这里指织布机。帘栊(lóng)：窗帘。

4　山东：这里指东鲁。

5　访：询问。涂：通"途"。

6　下愚：这里指汶上翁。忽：轻视。壮士：李白自称。

7　穷通：穷困通显。这里指政治上的得意和失意。

8　一箭书：战国时齐国田单围攻被燕军占领的聊城，一年多没有攻下。鲁仲连替田单写了一封动摇燕军军心的信，缚在箭杆上射进城中，燕将见信后自杀，田单很快就攻下了聊城。事后，田单推荐鲁仲连做官，鲁仲连却不愿受赏，逃往海上。李白用这个典故来比喻自己有建功立业的抱负和才干。

9　直道：通衢大路，这里指坚持信念。

10　阴虹：虹的外侧较暗的部分，比喻朝廷的谄佞之臣。

11　转蓬：随风飘转的蓬草。

东鲁门泛舟二首[1]（其一）

日落沙明天倒开[2]，波摇石动水萦回。
轻舟泛月寻溪转[3]，疑是山阴雪后来[4]。

　　开元二十五年（737），作者寓居东鲁，他在朗月之下泛舟东鲁门，作此诗纪游。全诗写月下泛舟的景色，情趣盎然。首句写景即奇，"天开"与"日落"相连，前所未闻却真实感突出。次句"波摇石动"似不合常理，却再现了弄水的实感。首二句，诗人通过主观感受进行描写，使景象特征妙不可言。三句一"轻"字，巧妙刻画出人物状态。末句用典抒情，"疑"字极为传神，信手拈来，发挥出无尽诗意。"雪夜访戴"之典，也暗暗反映了诗人豪迈洒脱的风貌。

1　东鲁门：在兖州（今山东曲阜、兖州一带）城东。
2　沙：水边之地。天倒开：指天空倒映在水中。
3　泛月：月下泛舟。寻：这里是沿、随的意思。
4　山阴雪后来：东晋人王徽之家住山阴，一夜大雪，四望一片洁白，忽忆好友戴逵家在剡溪，就乘船去访问。经过一夜的时间才到达戴的门前，却不入门而回。人家问他为什么这样做，他说：我本乘兴而来，兴尽而返，何必见戴？山阴，今浙江绍兴市。

日出入行¹

日出东方隈²，似从地底来。
历天又复入西海³，六龙所舍安在哉⁴？
其始与终古不息⁵，人非元气⁶，
安得与之久裴徊⁷？
草不谢荣于春风，木不怨落于秋天。
谁挥鞭策驱四运⁸，万物兴歇皆自然。
羲和⁹！羲和！汝奚汩没于荒淫之波¹⁰？
鲁阳何德¹¹？驻景挥戈¹²。
逆道违天¹³，矫诬实多¹⁴。
吾将囊括大块¹⁵，浩然与溟涬同科¹⁶。

李白在这首诗中认为，太阳的升落、草木的枯荣、季节的更替都是自然规律的表现，人是不可能超脱于自然规律的，只有顺应自然，与自然融为一体，才符合真正的"天道"。这种思想，焕发出朴素唯物主义的光彩。前七句，作者以反诘的方式，使语气更加肯定有力。中间四句认为万物兴衰都是自然规律使然，点明全篇核心。最后八句，作者两次反诘，提出自己的观点：应顺应自然并与之合一，唯此才是正道。全诗极具说服力，轻快又不失郑重。

1 日出入行：一作《日出行》，乐府"时景曲"调名。

2 隈（wēi）：边远的地方，角落。

3 历：经过。

4 六龙：指传说中为太阳拉座车在天空奔跑的六条龙。含：休息的场所。

5 终古：久远。

6 元气：古代指产生和构成天地万物的原始物质。

7 安得：怎能。之：指太阳。

8 鞭策：鞭子。四运：四时，四季。

9 羲（xī）和：神话传说中驾六龙为太阳赶座车的神。

10 奚（xī）：为什么。汩（gǔ）没：沉沦，埋没。荒淫之波：指广阔浩瀚的大海。

11 鲁阳：即鲁阳公，古代传说中的英雄。

12 驻：停止。景：通"影"，指日影。挥戈：传说楚国的鲁阳公与韩国军队打仗，正打得激烈的时候，太阳落山了，鲁阳公举戈一挥，太阳又回升起来。

13 逆道违天：违背自然规律。道，指规律。天，指自然。

14 矫诬：以曲为直，以假为真，违反常理。

15 囊括大块：与大自然相混一。囊括，用袋子装。大块，指大自然。

16 浩然：广大的样子。溟涬（míng xìng）：自然之气混混茫茫的样子，这里指元气。同科：同类。

嘲鲁儒[1]

鲁叟谈五经[2]，白发死章句[3]。
问以经济策[4]，茫如坠烟雾。
足着远游履[5]，首戴方山巾[6]。
缓步从直道[7]，未行先起尘。
秦家丞相府[8]，不重褒衣人[9]。
君非叔孙通[10]，与我本殊伦。
时事且未达，归耕汶水滨[11]。

　　此诗大约作于开元末年，李白移居东鲁不久。全诗以辛
辣讽刺的笔调，淋漓尽致地刻画了腐儒行动迂阔、只会死读经
书、不懂治国之策的迂腐形象。开头四句将"鲁叟"对经书的
精通和不谙时事进行对比，讽刺意味浓厚。接着诗人又描写
"鲁叟"的举止滑稽可笑，他们外表的矜持与内在的无能再次
构成对比。末六句是诗人对鲁儒的评论，用以古喻今的写法
表达自己积极入世的思想。

1　鲁儒：鲁地的儒生。鲁，春秋时鲁国，在今山东省南部。
2　鲁叟：鲁地的老人，指鲁儒。五经：即《诗》《书》《礼》《易》
《春秋》。

3 死章句：老死于章句之学中。章句，分析古书的章节、句读。

4 经济策：治理国家的方略。

5 远游履：鞋名。

6 方山巾：古代儒者所戴的软帽。

7 从：沿着。

8 秦家丞相：指秦丞相李斯。

9 褒衣人：指儒生。褒衣，儒生穿的一种宽大的衣服。

10 叔孙通：汉初薛（今山东滕州市官桥镇）人，因善于变通而受到汉高祖的重用。

11 汶水滨：汶水之滨，指鲁儒的故乡。

短歌行 [1]

白日何短短，百年苦易满 [2]。
苍穹浩茫茫，万劫太极长 [3]。
麻姑垂两鬓 [4]，一半已成霜。
天公见玉女，大笑亿千场 [5]。
吾欲揽六龙 [6]，回车挂扶桑 [7]。
北斗酌美酒，劝龙各一觞。
富贵非所愿，为人驻颓光 [8]。

《短歌行》题有及时行乐之意。作者为乐府旧题赋予新的含义，通过神奇的传说，揭示了生命短暂有限，但宇宙无穷的规律。首句叠用"短"字，吟情更长。明人评五、六句："惊人奇句，却有妙理。"九、十句则显示了作者珍惜年华、奋发图强的精神。十二句"劝龙"二字极妙，想象奇特，充满诗意浪漫的情调。全诗构思新颖，基调乐观积极，浪漫主义色彩浓厚。

1　短歌行：乐府"相和歌·平调曲"调名。

2　白日：白昼，这里泛指时光。百年：指人生。苦：苦于。

3　苍穹：苍天。茫茫：没有边际。万劫：万世。太极：这里借指太初时代。

4　麻姑：神话传说中的仙女，貌如十八九岁少女。

5　大笑：据《神异经·东荒经》记载，东王公经常和玉女做以箭投壶的游戏，天为之笑。

6　揽：挽住。

7　扶桑：传说中生于海上的树，为太阳所出之处。

8　颓光：流逝的日光。

子夜吴歌四首（其三）

长安一片月，万户捣衣声[1]。
秋风吹不尽，总是玉关情[2]。
何日平胡虏，良人罢远征。

　　此诗题又作《子夜四时歌》，共四首，此为第三首。全诗以秋夜捣帛制衣寄远表达思妇希冀胡虏早平、良人罢征的情怀。首二句在长安月色下托出万户捣衣之声，可见范围之广、声势之大。"一片""万户"似对非对，措语天然而得咏叹味。三、四句见境不见人，而人物俨然存在，思妇之情益浓。末二句直表思妇心声，"本闺情语而忽冀罢征"，使诗歌的思想性极大加强，具有了深刻的社会意义和鲜明的时代色彩。全诗先景语，后情语，情景始终交融。

1　捣衣：古时缝制衣服的一个过程。妇女把织好的布帛铺在平整的砧石上，用木棒把布帛捣平，以便裁制衣服。有时已经做好的衣服也用这种办法来捣掉里面的杂质，使它变得干净熨帖。

2　玉关情：指妇女思念远戍玉门关外的丈夫的感情。玉关即玉门关，是唐代通向西域的门户，在今甘肃省西部，从汉代起一直是边防要塞。

夜泊牛渚怀古

牛渚西江夜[1]，青天无片云。
登舟望秋月，空忆谢将军[2]。
余亦能高咏，斯人不可闻[3]。
明朝挂帆席[4]，枫叶落纷纷。

　　作者借此诗来怀念晋代袁宏吟诗为谢尚所赏识之事，以此抒发自己怀才不遇之感。全诗共八句，首句开门见山地表明"夜泊牛渚"。次句写牛渚夜景，大处落墨，展现出一片渺远、空旷的境界。三、四句由望月过渡到怀古，诗人由此联想到自己怀才不遇。末联宕开写景，作者想象自己明朝挂帆离去之景，进一步烘托因不遇知音而引起的寂寞凄凉的情怀。全诗诗意明朗单纯，具有一种令人神远的韵味。

1　西江：指今江西省境内至南京一段的长江。

2　谢将军：指东晋镇西将军谢尚。

3　斯人：此人，指谢尚。

4　帆席：船帆。

关山月[1]

明月出天山[2]，苍茫云海间[3]。

长风几万里[4]，吹度玉门关。

汉下白登道[5]，胡窥青海湾[6]。

由来征战地[7]，不见有人还。

戍客望边色，思归多苦颜。

高楼当此夜[8]，叹息未应闲[9]。

《关山月》描写征夫望月思乡之情。全诗开篇四句以玉门关、天山、明月为主要元素展开了苍茫辽阔的边塞图景。中四句由景象过渡到对战事的描写，在边塞画卷上再现征战之景，接由战事写到征夫无人还家，领起下文。后四句集中写征夫思乡之苦，再次深化主题。以如此壮阔的边塞图景写思乡之情，唯胸襟浩渺如李白者可。作者对战争不持立场，不局限于一时一事，而是进行了广远、沉静的思考，因而胡应麟评价此诗说："浑雄之中，多少闲雅。"

1　关山月：乐府"鼓角横吹十五曲"之一。

2　天山：这里指祁连山。

3　苍茫：无边无际的样子。

4 几万里:夸张的说法,形容其远。

5 汉:指西汉。下:和下句的"窥"都是攻伐的意思。白登:
山名。

6 青海:指青海湖。

7 由来:从来。

8 高楼:借指住在高楼里的戍客的妻子。

9 叹息未应闲:应该正在不停叹息。

游泰山六首（其六）

朝饮王母池[1]，暝投天门关[2]。

独抱绿绮琴[3]，夜行青山间。

山明月露白，夜静松风歇[4]。

仙人游碧峰，处处笙歌发[5]。

寂静娱清辉[6]，玉真连翠微[7]。

想象鸾凤舞[8]，飘摇龙虎衣[9]。

扪天摘匏瓜[10]，恍惚不忆归。

举手弄清浅[11]，误攀织女机。

明晨坐相失[12]，但见五云飞[13]。

　　天宝元年（742）四月，李白春日游泰山时作此诗。此诗描写李白在天门关的夜游，状景奇特，抒情自然，浑然天成，毫无雕饰的痕迹。全诗想象壮美绮丽，充满李白独有的浪漫主义色彩。诗人把夜游时所见、所想、所感到的天门关之景描写得惟妙惟肖，同时融合自己的主观感情色彩，为天门关夜游增加了浓厚又神奇的诗意。作者极写天门关之高，似可攀登织女之机，想象奇异如此，恍然若梦。此诗"夜憩景，炼得紧净"，"空灵飘逸，愈出愈妙"。

1　王母池:又名瑶池,在泰山东南麓。

2　暝:傍晚。天门关:在泰山上。

3　绿绮:古琴名,相传司马相如有绿绮琴。这里泛指名贵
的琴。

4　松风:风撼松林发出的响声。

5　笙歌:吹笙伴歌。

6　娱:乐。清辉:月光。

7　玉真:道观名。这里泛指泰山上的道观。翠微:形容山气
青白。

8　鸾凤:传说中的仙鸟。

9　龙虎衣:绣有龙虎纹彩的衣服。

10　扪:摸。匏(páo)瓜:星宿名。

11　清浅:指银河。

12　坐相失:顿时都消失。

13　但见:只看到。五云:五色彩云。

苏台览古¹

旧苑荒台杨柳新²，菱歌清唱不胜春³。
只今唯有西江月，曾照吴王宫里人。

　　天宝元年（742），作者游苏台时作此诗。全诗共四句，兴由"苏台览古"而起，通过对苏台今非昔比的变化的描述，兴叹春光依然，而旧时帝王早已无处寻觅，抒发作者对世事无常的感慨。全诗起句以衰飒的景象，引出作者对历史的伤怀之感，而"杨柳新"又显示出自然无私的赐予，鼓励人们去追求、去享受，及时行乐。三、四句中，永恒的西江明月和薄命的宫中美人形成了一组强烈的对比，旨意遥深，感人肺腑。

1　苏台：即姑苏台，故址在今江苏苏州市西南姑苏山上。春秋时吴王阖闾所建，后其子夫差通宵达旦地在这里与妃嫔们饮酒作乐。览古：游览古迹。

2　苑：园林。荒台：指苏台。

3　菱歌：采菱时唱的歌曲。不胜春：不尽的春意。

望天门山

天门中断楚江开[1]，碧水东流至此回[2]。
两岸青山相对出，孤帆一片日边来[3]。

———
此诗描写天门山附近一段长江的奇特景象。诗人为我们再现了长江中下游处天门山磅礴奇诡、鬼斧神工的自然美，表现了诗人豪放、傲岸的个性和满腔爱国之情。全诗共四句，首句通过侧面烘托的手法，以长江洪流之急反衬天门山之壮丽。次句则用长江流向的改变来暗示天门山雄视一切的力量。三句是对天门山的正面描写，四句"日边来"一词极是鲜活，给人以无尽的想象空间。诗中写景既有直描又有动态反衬，显示出雄浑的意境和磅礴的气势。

———
1 楚江：指湖北宜昌市至安徽芜湖市一段的长江。
2 至此回：指东流的长江到这里转向北流。
3 日边：太阳升起的地方。这里指天边。

南陵别儿童入京 [1]

白酒新熟山中归，黄鸡啄黍秋正肥。
呼童烹鸡酌白酒，儿女嬉笑牵人衣。
高歌取醉欲自慰，起舞落日争光辉。
游说万乘苦不早[2]，着鞭跨马涉远道[3]。
会稽愚妇轻买臣[4]，余亦辞家西入秦[5]。
仰天大笑出门去，我辈岂是蓬蒿人[6]。

这首诗是天宝元年(742)李白得到唐玄宗的征召之后在南陵离别儿女时所作，表达了诗人不甘于平淡的远大抱负和凌云之志。全诗开始就描绘出一幅欣欣向荣的丰收美景，衬托出诗人兴高采烈的情绪。接着，诗人摄取了几个"特写镜头"，通过几个典型的场景，把内心的喜悦表现得活灵活现。明人评"'起舞'句仙语"。九、十句诗人用典自喻，得意之情溢于言表。至末二句，诗人的感情升华到了极致，以直致见风格，踌躇满志的形象表现得淋漓尽致。

1　南陵：此南陵应指东鲁(今山东兖州市附近)。
2　游说：战国时期的政治说客凭口才劝说君主采纳自己的主张，以求取官爵。

3　着鞭：挥鞭。远道：遥远的道路，指入京。

4　买臣：即朱买臣，西汉会稽郡吴（今江苏苏州市）人。家境贫困，卖薪度日，但读书不倦。妻子很轻视他，另嫁他人。后来朱买臣为会稽太守，妻子感到惭愧而自尽。

5　秦：指长安。

6　蓬蒿人：住在乡野的人。

蜀道难

噫吁嚱，危乎高哉！

蜀道之难，难于上青天。

蚕丛及鱼凫[1]，开国何茫然！

尔来四万八千岁[2]，不与秦塞通人烟[3]。

西当太白有鸟道[4]，可以横绝峨眉巅[5]。

地崩山摧壮士死[6]，然后天梯石栈相钩连[7]。

上有六龙回日之高标[8]，下有冲波逆折之回川[9]。

黄鹤之飞尚不得过[10]，猿猱欲度愁攀援[11]。

青泥何盘盘[12]，百步九折萦岩峦[13]。

扪参历井仰胁息[14]，以手抚膺坐长叹[15]。

问君西游何时还[16]，畏途巉岩不可攀[17]。

但见悲鸟号古木[18]，雄飞雌从绕林间[19]。

又闻子规啼夜月[20]，愁空山。

蜀道之难，难于上青天，使人听此凋朱颜[21]。

连峰去天不盈尺[22]，枯松倒挂倚绝壁。

飞湍瀑流争喧豗[23]，砯崖转石万壑雷[24]。

其险也如此，嗟尔远道之人胡为乎来哉[25]！

剑阁峥嵘而崔嵬[26]，一夫当关[27]，万夫莫开。

所守或匪亲[28]，化为狼与豺[29]。

朝避猛虎，夕避长蛇。

磨牙吮血[30]，杀人如麻。

锦城虽云乐[31]，不如早还家。

蜀道之难，难于上青天，侧身西望长咨嗟[32]！

　　这首诗袭用乐府古题，以丰富的想象、夸张的手法，着力描绘了秦蜀道上奇丽险峻的山川，并透露出对社会的某些忧虑与关切。诗人大体按照由古及今、自秦入蜀的线索，抓住各处山水特点，以展示蜀道之难。全诗以变幻莫测的笔法，艺术地展现了古老蜀道逶迤、峥嵘、高峻、崎岖的面貌，描绘出一幅色彩绚丽的山水画卷。在诗人浓厚的浪漫主义情怀下，诗歌呈现出飞动的灵魂和瑰伟的姿态。此诗用韵多变，句式长短不齐，语言风格极为奔放。

1　蚕丛、鱼凫：传说中古代蜀国的两个国王。

2　尔来：从蚕丛、鱼凫开国以来。四万八千岁：扬雄《蜀王本纪》载："蜀王之先，名蚕丛、柏灌、鱼凫、蒲泽、开明，……从开明上至蚕丛，积三万四千岁。"（《蜀都赋》刘逵注引）

3　秦塞：即秦地（今陕西省）。古代秦国四面有山，被称为"四塞"（四面都有险阻）之国。通人烟：指互相往来。人烟，人家。

4　当:值,遇。太白:山名,属秦岭山脉,在陕西周至县。鸟道:只有飞鸟才能度越的道路。

5　横绝:横度,飞越。

6　"地崩"句:据《华阳国志·蜀志》载,战国时秦惠王答应送五个美女给蜀王,蜀王派五位力士去迎接,行至梓潼,看到一条大蛇钻进山洞,五位壮士一起拽蛇尾,结果山崩,五位壮士和美女都被压死,从此,山分为五岭,秦蜀相通。

7　天梯:像上天的梯子一样高入云霄的山路。石栈:即栈道。

8　六龙:古代神话传说,羲和每天赶着六条龙拉的车子,载着太阳神在天空中巡回。回日:回日车,使载太阳神的车子回转。高标:立木作标记,它的最高处叫标,这里的高标指蜀道上高峻的山峰。

9　冲波:激浪。逆折:旋涡。回川:纡回曲折的河流。

10　黄鹤:即黄鹄(hú),善于高飞。

11　猱(náo):猿的一种,善于攀援。

12　青泥:岭名,在今甘肃徽县,为唐代入蜀要道,"悬崖万仞,山多云雨,行者屡逢泥淖,故号青泥岭"(《元和郡县志》)。盘盘:山路曲折盘绕。

13　萦:绕。岩峦:山峰。

14　扪:摸。历:擦过,挨着。参(shēn)、井:都是星宿名。秦属参宿分野,蜀属井宿分野。胁息:屏住呼吸。

15　膺:胸。

16　君:与下文的"远道之人"都泛指由秦入蜀的行人。

17　畏途:令人望而生畏的道路。巉(chán)岩:山势险峻的样子。

18　悲鸟:叫声凄厉的鸟。号:哀鸣。

19　从:跟随。

20　子规:杜鹃鸟,蜀地最多,鸣声凄厉。据《华阳国志》载,古时蜀王杜宇号望帝,后失国,死后魂化杜鹃,叫声凄苦。

21　凋朱颜:红润的面容为之憔悴失色。

22　去:离。盈:满。

23　湍:急流。瀑流:瀑布。喧豗(huī):水石相击的喧闹声。

24　砯(pīng):本指水冲击山崖的声音,这里是冲击的意思。壑:山谷,山沟。

25　胡为乎:为什么。

26　剑阁:在今四川省剑阁县北七里,大剑山与小剑山之间,是一条三十里长的奇险栈道,群峰如剑,又名剑门关。峥嵘:险峻的样子。崔嵬:高大的样子。

27　当:把守。

28　所守:把关的人。或:假如。匪亲:不是可以信赖的人。匪,通"非"。

29　狼与豺:与下句的猛虎、长蛇都是喻叛乱者。

30　吮:吸。

31　锦城:成都的别称,其地产锦,设有专管锦绣生产的官府,在唐代是全国最繁华的大都会之一,故说"虽云乐"。

32　侧身:转身,回头。长咨嗟:长叹息。咨,叹词。末句说,回头西望蜀地,想到山川的奇险和可能出现的动乱,不禁令人长叹息。

送友人入蜀

见说蚕丛路[1]，崎岖不易行。
山从人面起，云傍马头生[2]。
芳树笼秦栈[3]，春流绕蜀城[4]。
升沉应已定[5]，不必访君平[6]。

—— 这首诗是李白在长安为送友人入蜀而作,寄寓着入京以后不得志的感慨。全诗从送别、入蜀两方面着手落墨。首二句入题提出送别,并直言蜀道难。三、四句进一步描绘蜀道之难,"起""生"二动词用得极好,生动地表现了栈道的险峻、陡峭,想象奇诡,境界壮美。五、六句则笔锋一转,写秦栈风光,一"笼"字生动丰满,既写景又呼应下文。末二句忽又翻出题旨,借用典故启发朋友,语短情长。此诗风格清新俊逸,被推崇为"五律正宗"。

—— 1 见说:听说。蚕丛路:指蜀道。
2 傍:靠。
3 秦栈:从秦入蜀的栈道。
4 春流:这里指流经成都的郫江、流江。蜀城:指成都。

5 升沉：指政治上的得意与失意。

6 君平：严遵的字，汉朝人。他隐居不做官，在成都以卜筮
为生。

乌夜啼[1]

黄云城边乌欲栖[2]，归飞哑哑枝上啼[3]。
机中织锦秦川女[4]，碧纱如烟隔窗语[5]。
停梭怅然忆远人[6]，独宿孤房泪如雨。

———　　这首诗是李白在长安时所作，描绘了一个思念远方丈夫的妇女形象。《乌夜啼》多写男女离别相思之苦。全诗首二句以一幅秋林晚鸦图来渲染气氛，景中含愁。三、四句诗人匠心独运，没有直写思妇，而是隔窗远观，忽略思妇外貌而突出思妇的内心世界。最后二句直入主题，正面描写思妇忆念"远人"的悲苦。窗外无人，"远人"无踪，更增思妇苦痛。本诗借物起兴，景中含情，绘影绘声，真实感人。沈德潜评此诗："蕴含深远，不须语言之烦。"

———　　1　乌夜啼：乐府"西曲歌"调名，相传是宋临川王刘义庆所作，后多写男女分离的苦痛。

2　栖：指鸟类歇宿。

3　哑（yā）哑：乌鸦的叫声。

4　织锦秦川女：这里指征人妇。秦川，指陕西秦岭以北的平原地区。

5　碧纱如烟：指绿纱糊成的窗，光线朦胧不明。

6　梭：梭子，织布时牵引纬线与经线交织的工具。远人：指远征的丈夫。

春思

燕草如碧丝，秦桑低绿枝[1]。
当君怀归日[2]，是妾断肠时。
春风不相识，何事入罗帷[3]？

———　这是一首描写秦地妇女怀念远行丈夫的诗，感情真挚动人，语言淳朴自然，具有民歌风味。这首诗描写思妇心理，惟妙惟肖。诗题"春思"，既指春季，又喻爱情。开篇两句可视作"兴"，以相隔遥远的燕、秦两地景物起兴，十分别致。首句是思妇联想，次句是思妇所见。两处春光，两地相思，据实构虚，营造了诗的妙境。三、四句承兴句而来，婉言表明思妇思夫之久。末句巧妙抓住思妇一霎那的心理活动，表现了她忠贞不移的高尚情操，恰到好处。

———　1　燕（Yān）：今河北、辽宁一带。秦：指长安一带。
　　　2　怀归：思念家乡。
　　　3　罗帷：丝织的帷幕。

塞下曲六首（其三）

骏马似风飙[1]，鸣鞭出渭桥[2]。
弯弓辞汉月[3]，插羽破天骄[4]。
阵解星芒尽[5]，营空海雾消[6]。
功成画麟阁[7]，独有霍嫖姚[8]。

这组诗以汉武帝平定匈奴侵扰的史实,谱写了一曲热情洋溢的战斗颂歌。本诗为其中第三首,通过对出塞破敌情况的描写,生动表现了民族昌盛带来的自信心和国力强大的自豪感。此诗谋篇布局十分独特,生动反映了唐朝全盛时期的风貌。全诗共八句,前六句勾勒出出师的壮阔景象和破敌的雄豪气势,后二句则发出感叹,既有“一将功成万骨枯”的慨叹,又有“事了拂衣去”的献身精神。前六句为铺垫,后二句为结论,独具匠心。

1　风飚(biāo)：暴风。

2　鸣鞭：挥鞭。渭桥：长安城西面渭水河上的一座大桥,是古代从长安到西域的要道。

3　辞汉月：离开中原。

4　羽：指箭,箭杆上有羽毛。天骄：指匈奴。

5 阵解：指战争结束。星芒：客星的光芒。古代迷信的说法认为，当客星的光芒变成白色时，战争就要爆发。

6 海雾：喻指战场上烟尘弥漫。

7 画麟阁：汉宣帝时画功臣像供奉麒麟阁，后世常以此代指卓越的功勋和荣誉。

8 霍嫖姚：即霍去病，他曾为嫖姚校尉。

丑女来效颦¹（《古风》其三十五）

丑女来效颦，还家惊四邻。
寿陵失本步²，笑杀邯郸人。
一曲斐然子，雕虫丧天真³。
棘刺造沐猴⁴，三年费精神。
功成无所用，楚楚且华身。
大雅思文王，颂声久崩沦。
安得郢中质⁵，一挥成风斤⁶？

此篇系论诗之作，讥世之作诗赋者，不过借此以取科第、干禄位而已，无益于世教。首四句引用两则典故来说明"内无其质而徒慕其外，终不能相似也"，意在说作诗赋者，内无其德而徒慕修辞雕饰，未免见笑于他人。中六句言当时之诗文，纵有文采，却只雕琢章句，如伪造沐猴，徒华美其文，费时无益。最后四句承上文，言诗不复古，故无雅颂之作，其质愈下。此诗运用一系列典故，对雕琢模拟、华而不实的诗风做了尖锐的讽刺，显示出进步的文艺观。

1 丑女效颦（pín）：丑女效仿西施，以为很美，结果显得更丑了。颦，皱眉头。

2　寿陵失本步：相传寿陵有个少年特地学习邯郸人走路，结果非但没有学会，反而连自己原来走路的样子也忘记了，只好爬着回去。寿陵，古时燕国的城邑。

3　雕虫：比喻小技。这里指雕琢文字。

4　棘刺造沐猴：传说有个卫国人欺骗燕王，说自己能在棘刺的尖端雕刻沐猴，因而取得优厚俸禄。棘，有刺草木的通称。沐猴，即猕猴。

5　安得：怎能得到。郢（Yǐng）：古时楚国的都城，故址在今湖北江陵县西北。质：这里指施展技艺的对象。

6　一挥成风斤：形容挥斧动作迅速而准确。据说白泥滴落在郢人的鼻尖上，匠石（名字叫石的匠人）用斧削掉。匠石挥斧如风，削去了白泥而没有碰伤鼻子，郢人也面不改色。一个国君听到此事，叫匠石给他表演这种绝技，匠石回答说："郢人已死，无人给我作质。"斤，斧。

玉阶怨[1]

玉阶生白露[2]，夜久侵罗袜[3]。
却下水精帘[4]，玲珑望秋月[5]。

————　　《玉阶怨》是专写宫怨之曲。此诗描写幽居深宫的女子
的苦闷心情。全诗不提"怨"字，却处处暗含强烈的幽怨。诗
中女子望月怀人，于深夜中久久独立玉阶，以至于露水侵湿了
罗袜，可见其怨情深浓。无奈入室，下帘之后，反又不忍使明
月孤寂。似月怜人，似人怜月。人、月看似皆无言，其实人有
千言欲诉，月也解此千言，而写来却只是一味望月，此不怨之
怨所以深于怨也。诗以人物行动见意，妙不可言。全诗写曲
折之情，含思婉转，余韵如缕。

————　　1　玉阶怨：乐府"相和歌辞·楚调曲"调名，内容多写宫女的
怨情。

2　玉阶：玉石砌成的台阶。

3　罗袜：用丝绸缝制的袜子。

4　却：还。下：放下。水精帘：用水晶制成的垂帘，像后来的
琉璃帘，古时宫中及富贵人家的用物。水精，即水晶。

5　玲珑：清晰明亮的样子。

大车扬飞尘（《古风》其二十四）

大车扬飞尘，亭午暗阡陌[1]。
中贵多黄金[2]，连云开甲宅[3]。
路逢斗鸡者[4]，冠盖何辉赫[5]！
鼻息干虹霓[6]，行人皆怵惕[7]。
世无洗耳翁[8]，谁知尧与跖[9]？

　　唐玄宗后期政治腐败，他宠信宦官、鸡童，使这些人恃宠骄恣，不可一世。其时李白在长安，深感统治者的腐败，此诗即是针对当时现实而作的一幅深刻讽刺画。诗前八句写宦官、鸡童的奢侈生活和嚣张气焰。作者直接截取京城大道上的两个场景，巧妙地勾画出这些小人的嘴脸。末二句抒发诗人的感慨：世上没有许由那样不慕名利的人，谁还能分清圣贤与盗贼？全诗前八句叙事，后二句议论，叙事具体，议论辛辣，感情自然喷发，一气贯注。

1　亭午：正午。阡陌：田间的小路。南北为阡，东西为陌。这里泛指道路。
2　中贵：即宦官。
3　连云：形容房屋高大众多，如接云霄。

4　斗鸡者：指因为擅长斗鸡而受到唐玄宗宠幸的人。玄宗酷爱斗鸡，鸡童贾昌因善于斗鸡而得到玄宗的宠幸，号称"鸡神童"。

5　辉赫：光彩夺目，比喻声势显赫。

6　鼻息干虹霓：形容斗鸡徒气焰熏天。干，冲破。虹霓，即彩虹。

7　怵惕：畏惧。

8　洗耳翁：指许由。传说尧要把帝位让给许由，许由不肯接受，躲到颍水边隐居起来。尧又召他做九州长，他认为这话玷污了自己的耳朵，就到水边用清水洗耳。

9　尧：传说中古代原始部落联盟的首领。这里喻指贤明之君。跖：传说中先秦时反抗贵族统治的领袖，被统治者诬为"盗跖"。

月下独酌四首（其一）

花间一壶酒，独酌无相亲。
举杯邀明月，对影成三人[1]。
月既不解饮[2]，影徒随我身。
暂伴月将影[3]，行乐须及春。
我歌月徘徊，我舞影零乱。
醒时同交欢，醉后各分散。
永结无情游[4]，相期邈云汉[5]。

　　此诗描写诗人在花前月下独酌的情景，艺术上层层转折，波澜起伏，愈转意蕴愈深。三、四句"邀月""对影"构思妙极，待无情之景为有情之人，生动传神。尽管如此，明月、清影终究无情，不可做对饮之人，但仍可暂时相陪。诗人醉舞高歌，月、影相伴，用拟人的手法，将月和影写得充满了人情味。最后二句，诗人提出愿与月、影永远结伴同游，道尽了诗人内心的孤独苍凉之感。深沉的孤独感是贯穿此诗的主题。诗人以乐写哀，别有风味。

1　三人：指独酌时月亮、诗人自己及其身影。
2　解：懂得。

3　将：偕，同。

4　无情：指月与影皆是无情之物。

5　期：约定。邈：高远。云汉：天河，这里指天上。

灞陵行送别 [1]

送君灞陵亭[2]，灞水流浩浩[3]。
上有无花之古树，下有伤心之春草。
我向秦人问路歧[4]，云是王粲南登之古道[5]。
古道连绵走西京[6]，紫阙落日浮云生[7]。
正当今夕断肠处，骊歌愁绝不忍听[8]。

——　天宝三载(744)，李白于春日在灞陵送别友人时作此诗。
此诗寓情于景，通过描写灞陵周围景色和古人事迹来抒发自
己忧时的心情。全诗首二句即渲染出浓浓的离别气氛。三、
四句一笔宕开，在写景中暗含不忍与朋友分手、上下顾盼的情
态。五、六句直落而下，以怀古人暗示了朋友此行的不得意。
七、八句素描写景，生动传神。末二句点明离别，情深意切。
全诗紧紧围绕离别二字展开，感情深浓，思想内容、艺术形象
丰满厚重，自然流逸又浑厚充实。

——　1　灞陵：汉文帝陵墓所在地，在长安东南，附近有灞桥，古人
常在此送别。
2　君：指李白的朋友，姓名不详。
3　灞水：源出陕西蓝田县东，流经长安入渭河。浩浩：形容水

势很大。

4　秦人：指长安的人。路歧：岔道。

5　王粲：东汉末年文学家，"建安七子"之一，曾是曹操幕僚。
南登之古道：指王粲离长安南奔荆州时所走的道路。

6　走：走向，通往。西京：即长安。

7　紫阙：皇帝居住的宫殿。

8　断肠处：指送别的地方。骊歌：古人告别亲友时所唱的歌。
愁绝：悲愁万分。

送裴十八图南归嵩山二首[1]（其一）

何处可为别？长安青绮门[2]。
胡姬招素手[3]，延客醉金樽[4]。
临当上马时，我独与君言[5]。
风吹芳兰折[6]，日没鸟雀喧。
举手指飞鸿[7]，此情难具论[8]。
同归无早晚，颍水有清源[9]。

——— 这首诗写于天宝三载（744）李白欲离长安之时。首二句
直接入题，表明送别地点。三、四句极写送别，真挚生动。中
四句倾吐肺腑之言，看似写眼前之景，实暗喻心中难显之情，
笔调委婉，感情沉重。九、十句暗喻作者心中未言之志，显示
出其对政治污浊的痛恨和远遁避祸之心。末二句表现出作
者及友人对现实的清醒认识，也委婉表达出诗人对裴十八的
赞赏和慰藉。此诗全篇浑然天成，概括力极强，王夫之评曰：
"只写送别事，托体高，着笔平。"

——— 1 裴十八图南：即裴图南，李白的友人。因排行十八，故称裴
十八。嵩山：五岳之一，在今河南登封市北。
2 青绮门：长安东城最南边的一个城门，本名霸城门。

3　胡姬：唐代胡人酒肆中的侍酒胡女。

4　延：留下。

5　君：指裴图南。

6　芳兰：芳香的兰草。

7　举手指飞鸿：晋人郭瑀隐居山谷中，前凉王张天锡派人去召他，郭瑀指着飞鸿对使者说："这只鸟怎么可以装在笼子里呢？"

8　难具论：难以详说。

9　同归：指一同归隐。颍水：即颍河，发源于河南登封市嵩山西南，流入淮河。清源：源头水清。

玉壶吟 [1]

烈士击玉壶，壮心惜暮年。

三杯拂剑舞秋月，忽然高咏涕泗涟。

凤凰初下紫泥诏 [2]，谒帝称觞登御筵 [3]。

揄扬九重万乘主 [4]，谑浪赤墀青琐贤 [5]。

朝天数换飞龙马 [6]，敕赐珊瑚白玉鞭 [7]。

世人不识东方朔 [8]，大隐金门是谪仙 [9]。

西施宜笑复宜颦，丑女效之徒累身。

君王虽爱蛾眉好 [10]，无奈宫中妒杀人。

　　此诗大约作于天宝三载（744）李白供奉翰林的后期，赐金还山之前。全诗豪气纵横而不失于粗野，悲愤难平而不流于褊急。开头四句起势高，抒写胸中之激愤，不作悲酸语，如高山瀑流，奔泻而出，至第四句顿笔收住，文气陡然腾跃而起。第五句以"初"字回旋兜转，以昂扬的格调极写得意，后笔势又急转直下，用"大隐金门"等语暗写遭谗。最后以蛾眉见妒作结，诗人终无可奈何。诗笔擒纵结合，亦放亦收，变化入神，文气浑灏流转，首尾呼应。

　　1　玉壶吟：东晋王敦酒后常吟唱曹操"老骥伏枥，志在千里，烈士暮年,壮心不已"的诗句,一面唱,一面用如意敲打吐痰用的玉壶,结果壶口都被敲缺了。本诗即以此为题。

2　凤凰诏:后赵武帝石虎下诏时,坐在高台上,让木制的凤凰衔着诏书往下飞。后称皇帝的诏书为凤诏。紫泥:甘肃武都出产的一种紫色泥,性黏,古时用以封诏书。

3　谒:朝见。称觞:举杯。御筵:皇帝设的宴席。

4　揄扬:赞扬。九重:这里指皇帝居住的地方。万乘(shèng)主:这里指唐玄宗。

5　谑(xuè)浪:戏谑不敬。赤墀(chí):皇宫中红色的台阶。青琐:刻有连环花纹并涂以青色的宫门,与"赤墀"都指宫廷。贤:指皇帝左右的大臣。

6　朝天:朝见皇帝。飞龙马:这里泛指宫中的良马。

7　敕赐:皇帝的赏赐。珊瑚白玉鞭:这里泛指华贵的马鞭。

8　东方朔:字曼倩,西汉平原厌次(今山东惠民县)人。他曾说:"古人隐居于深山,我却认为宫殿中也可以隐居。"这里是以东方朔自喻。

9　大隐:指隐居于朝廷。金门:这里指朝廷。

10　蛾眉:古时称美女,这里是作者自比。

燕昭延郭隗 [1]（《古风》其十四）

燕昭延郭隗，遂筑黄金台[2]。
剧辛方赵至[3]，邹衍复齐来[4]。
奈何青云士[5]，弃我如尘埃。
珠玉买歌笑[6]，糟糠养贤才。
方知黄鹤举[7]，千里独徘徊。

———

这是一首以古讽今、寄慨抒怀的五言古诗。诗的主题是感慨怀才不遇。前四句用借喻的手法，通过燕昭王求贤的故事，反衬当时统治者的昏庸腐朽，并借此表明自己理想中的明主、贤臣对待贤才的态度。此为怀古。次四句作者笔锋陡转，感讽现实，辛辣地讽刺统治者只顾自身享乐，对贤士弃若尘埃。末二句归主题，以黄鹤为喻，坦率地表露了自己的激愤心情，形象鲜明，含义无尽。此诗手法拟阮籍之隐晦，以理想对比现实，构思巧妙非常。

———

1　燕昭延郭隗：战国时，燕昭王欲报齐国侵占国土之耻，欲招纳天下贤士。郭隗说："要想招致四方贤士，不如先从我开始，这样，贤于我的人就会不远千里前来归附。"于是昭王修筑宫室给郭隗居住，像对待老师一样尊重他。后来乐毅、邹衍、剧辛等都相继来到燕国。当邹衍到燕国时，昭王亲自拿着扫帚，屈身在前，扫除路上的灰尘，恭敬相迎。后任乐毅为上将军，乐毅为燕国攻下齐国七十余城。

2　黄金台：故址在今河北易县东南。相传燕昭王筑高台，置千金于台上，延请天下有才能的人。

3　剧辛：战国时燕将，原为赵国人，燕昭王招天下贤士时，由赵入燕。

4　邹衍：亦作驺衍，战国时著名的哲学家，齐国人。

5　青云士：指身居高位的人，即当权者。

6　买歌笑：指寻欢作乐。

7　黄鹤举：相传春秋时鲁国人田饶因鲁哀公昏庸不明，自比为"一举千里"的黄鹄（古书中"鹄""鹤"常通用），用"黄鹄举矣"表示要离开鲁国。举，高飞。

行路难三首（其一）

金樽清酒斗十千[1]，玉盘珍羞直万钱[2]。
停杯投箸不能食，拔剑四顾心茫然[3]。
欲渡黄河冰塞川，将登太行雪满山。
闲来垂钓碧溪上，忽复乘舟梦日边[4]。
行路难，行路难，多歧路，今安在？
长风破浪会有时[5]，直挂云帆济沧海。

这首诗作于李白初离朝廷之时，是《行路难》三首的第一首。此诗激荡纵横，百步九折地揭示了诗人感情的跌宕起伏。通过层层叠叠的感情变化，既显示了黑暗污浊的政治现实对诗人理想抱负的阻遏，反映了由此引起的诗人内心的强烈苦闷、愤郁和不平，同时又突出表现了诗人的倔强、自信和他对理想的执着追求，展示了诗人力图从苦闷中挣脱出来的强大精神力量。全诗显示出诗人的乐观自信和顽强坚持理想的品格，境界高远。

1 金樽：金杯。清酒斗十千：化用曹植《名都篇》诗句"归来宴平乐，美酒斗十千"，极言酒的名贵。清酒，犹美酒，酒以清为贵，浊酒为贱。

2　珍羞：同"珍馐"，珍贵的菜肴。直：通"值"。

3　茫然：形容渺茫没有着落的心情。

4　"垂钓碧溪"二句："垂钓碧溪"暗用吕尚故事，"乘舟梦日"用伊尹故事。据古代传说，吕尚（即姜尚，字子牙）在没有遇到周文王时，曾在磻（Pán）溪（今陕西宝鸡市东南）钓鱼；伊尹在见汤以前，梦见自己乘舟经过日月之边。这里将这两个典故合用。

5　长风破浪：暗用刘宋时代宗悫的典故。据《南史·宗悫传》，宗悫年少时，叔父宗炳问他的志向，宗悫回答说"愿乘长风破万里浪"。

登高望四海[1]（《古风》其三十九）

登高望四海，天地何漫漫[2]！
霜被群物秋，风飘大荒寒[3]。
荣华东流水，万事皆波澜。
白日掩徂晖[4]，浮云无定端。
梧桐巢燕雀，枳棘栖鸳鸾[5]。
且复归去来，剑歌行路难[6]。

——　　此诗或作于天宝三载(744)作者遭谗去朝之时。作者借景喻情,抨击统治者的昏庸无能,隐晦地描写了当时国君不贤、奸佞当道的情势,抒发了诗人抑郁难言的苦闷。前十句是诗人对当时政治昏暗,国君晚年被奸臣蒙蔽的描写。九、十句更是直接对权贵当道、贤能之士被压抑的昏乱现象的摹写。末二句作结语,逢此时势,作者认为唯有归去。全诗构思巧妙,皆即景而寓感叹于其间,以此暗示自己不得不动归来之念。描写生动形象,感情真挚。

——　　1　四海:指天下。
　　2　漫漫:广阔无边。
　　3　被:覆盖。大荒:广阔的原野。

4　徂晖：夕阳的余辉。

5　枳（zhǐ）棘：有刺的灌木。鸳：通"鹓"。相传鹓雏非梧桐不栖。

6　归去来：回去吧。东晋诗人陶渊明不愿逢迎权贵，弃官还乡，曾作《归去来兮辞》。行路难：乐府"杂曲歌辞"调名。

登太白峰[1]

西上太白峰，夕阳穷登攀[2]。
太白与我语[3]，为我开天关[4]。
愿乘泠风去[5]，直出浮云间。
举手可近月，前行若无山。
一别武功去[6]，何时复更还？

———　此诗是李白即将离开长安时所作。诗开头二句，侧面烘
托出太白峰的雄峻高耸，一个"穷"字，表现出诗人不畏艰险、
奋发向上的精神。三、四句想象奇特，极富人情味，生动地表
现出太白山高耸入云的雄姿，化实为虚，以虚写实。五、六句
形象自由轻快，任意驰骋，境界异常开阔。七、八句反映出作
者豪迈壮阔的胸襟。末句表达了诗人既入世又出世的复杂心
理，言有尽而意无穷，耐人寻味。全诗构思新奇，想象丰富，雄
奇跌宕，充满浪漫主义色彩。

———　1　太白峰：即太白山，在今陕西眉县、太白县一带。

　　2　穷：尽。

　　3　太白：太白金星。这里喻指仙人。

4　天关：古星名，又名天门。这里指天宫之门。

5　泠（líng）风：和风。

6　武功：武功山，在今陕西武功县南。

乌栖曲 [1]

姑苏台上乌栖时[2]，吴王宫里醉西施[3]。
吴歌楚舞欢未毕[4]，青山犹衔半边日。
银箭金壶漏水多[5]，起看秋月坠江波[6]，
东方渐高奈乐何[7]！

　　此诗作于天宝三载(744)李白将离长安之时。全诗构思新颖别致，具有鲜明的特点，以时间推移为线索，写出了吴宫的淫逸生活自日至暮，又自暮达旦的过程。诗人对这一过程没有进行具体的描写，而是紧扣时间的推移和景物的变换，委婉地暗示了吴宫荒淫生活夜以继日及吴王的醉生梦死，并通过寒林栖鸦、落日衔山、秋月坠江等景物隐喻荒淫纵欲者的悲剧结局。全诗只是客观叙述，无一句贬辞，而讽刺的笔锋却尖锐、冷峻。

1　乌栖曲：乐府"西曲歌"调名。
2　乌栖时：指黄昏。
3　吴王：指夫差，春秋末期吴国的君主，曾以武力降服越国，后又大败齐兵。在与晋争霸中，越王勾践乘虚攻入吴都，吴灭亡时夫差自杀。

4　吴歌楚舞 : 泛指我国东南一带的歌舞。

5　银箭金壶 : 也叫铜壶滴漏, 我国古代一种计时的工具。

6　秋月坠江波 : 形容天色破晓时的景象。

7　东方渐高 : 指太阳渐渐升起。奈乐何 : 即奈此欢乐何, 形容吴王贪欢作乐、欲罢不能的情景。

梁甫吟[1]

长啸梁甫吟[2]，何时见阳春[3]？

君不见，朝歌屠叟辞棘津，八十西来钓渭滨[4]。

宁羞白发照渌水，逢时吐气思经纶[5]。

广张三千六百钓[6]，风期暗与文王亲[7]。

大贤虎变愚不测[8]，当年颇似寻常人。

君不见，高阳酒徒起草中[9]，长揖山东隆准公[10]。

入门开说骋雄辩，两女辍洗来趋风。

东下齐城七十二[11]，指麾楚汉如旋蓬[12]。

狂客落拓尚如此[13]，何况壮士当群雄！

我欲攀龙见明主，雷公砰訇震天鼓[14]，

帝旁投壶多玉女。

三时大笑开电光[15]，倏烁晦冥起风雨[16]。

阊阖九门不可通[17]，以额叩关阍者怒[18]。

白日不照吾精诚，杞国无事忧天倾[19]。

猰㺄磨牙竞人肉[20]，驺虞不折生草茎[21]。

手接飞猱搏雕虎，侧足焦原未言苦[22]。

智者可卷愚者豪，世人见我轻鸿毛。

力排南山三壮士，齐相杀之费二桃[23]。

吴楚弄兵无剧孟[24]，亚夫咍尔为徒劳[25]。

梁甫吟，声正悲。

张公两龙剑²⁶，神物合有时。

风云感会起屠钓²⁷，大人峴屼当安之²⁸。

　　此诗约作于天宝九载(750)。首二句以期待的问句总起，贯注全篇，结尾以充满信心的句意作结，首尾呼应。全诗布局新奇，变化莫测，通篇用典，而表现手法不时变换。吕尚和郦食其两个故事是正面描写，起"以古为鉴"的作用，接着借助种种神话故事，寄寓自己的痛苦遭遇。第三段则把几个不相连属的典故交织在一起，因而诗的意境显得奇幻多姿，错落有致。此诗语言节奏不断变化起伏，把诗人强烈的情感表现得淋漓尽致。

1　梁甫吟：亦作"代梁父吟"，乐府"楚调曲"调名，声调悲凉。梁甫，又名梁父，泰山下的小山，古时死人丛葬的地方。

2　啸：歌唱。

3　阳春：阳光明媚的春天。这里喻指光明。

4　"朝歌屠叟"两句：相传吕尚五十岁时曾在棘津当小贩，七十岁时在朝歌宰牛，八十岁时西行在渭河边钓鱼，九十岁遇到周文王被重用。棘津，在今河南延津县东北。

5　经纶：整理丝线，喻治理国家。

6　广张：指每天设置钓具。三千六百钓：指吕尚在渭河边垂钓十年，共三千六百日。

7　风期：风度。这里引申为谋略。

8　大贤：指吕尚。虎变：指更新后的老虎皮毛所发出的光彩。一般用以比喻有雄才大略的人，行动变化莫测。

9　高阳酒徒：西汉人郦食其（yì jī）的自称。起草中：喻出身微贱。

10　长揖：古时不分尊卑的相见礼，自上而下，拱手行礼。隆准公：指刘邦。郦食其是陈留高阳（今河南杞县西）人，好读书，家贫落魄，被称为狂生。刘邦行军过陈留时，郦食其到军门求见，正逢刘邦坐在床上叫两个侍女替他洗脚，听说郦是儒生打扮，拒不接见。郦食其怒向守门人说："我是高阳酒徒，并非儒生！"刘邦于是请他相见。见面时，他长揖不拜，并责备刘邦说："你既然要起兵讨秦，就不该对长者如此无礼。"刘邦听后立即停止洗脚，以礼相待。

11　东下齐城七十二：楚、汉在荥（xíng）阳、成皋一带相持时，郦生建议刘邦联齐孤立项羽。他受命到齐国游说，齐王田广表示愿以所辖七十余城归汉。

12　旋蓬：在空中飘旋的蓬草。这里形容轻而易举。

13　狂客：指郦食其。

14　雷公：传说中的雷神。砰訇（pēng hōng）：形容声音宏大。震天鼓：指打雷。

15　三时：指晨、午、晚，即一整天。大笑：指天笑。古人称不雨而有闪电为天笑。

16　倏烁(shū shuò)：电光闪动的样子。晦冥：昏暗。

17　阊阖：神话中的天门。

18　叩关：敲门。阍(hūn)者：看守天门的人。

19　杞国无事忧天倾：相传古代杞国有人害怕天掉下来，无处藏身，愁得不吃不睡。

20　猰㺄(yà yǔ)：古代神话中一种吃人的野兽。这里比喻阴险凶恶的小人。竞人肉：争吃人肉。

21　驺(zōu)虞：古代神话中一种白质黑纹的虎，不伤人畜，不践踏生草，被称为仁兽。这里李白以驺虞自比，表示不与猰㺄那样的人同流合污。

22　侧足：指因恐惧而不敢正立。焦原：传说春秋时，莒(Jǔ)国有一块宽五十步的大石，名叫焦原，下有百丈深渊，只有无畏的人才敢站上去。

23　"力排南山"二句：齐景公手下有公孙接、田开疆、古冶子三勇士，有一次得罪了相国晏婴，晏婴便向齐景公建议除掉他们。他要景公给三人送去两只桃子，要他们自己比较功劳大小，功劳大的可以吃桃子。公孙接、田开疆叙功后先拿了桃子，古冶子认为自己的功劳比他们二人大得多，要他们把桃子退还。于是二人羞愧自杀,古冶子觉得对不起他们,也自杀了。

24　剧孟:西汉洛阳(今河南洛阳市)人,以任侠闻名。

25　亚夫:周亚夫,汉景帝时名将,沛县(今江苏沛县)人,曾任太尉,后任丞相。咍(hāi):讥笑。尔:你们这些人,指反叛的吴、楚等七国。汉景帝时,以吴王刘濞(bì)为首的吴、楚等七国诸侯起兵叛汉,景帝派周亚夫领兵去平乱。当周亚夫到达河南时,找到了剧孟,便高兴地说:"吴楚七国反叛,不用剧孟,可见他们必然失败。"

26　张公两龙剑:相传西晋时丰城县令雷焕掘地得到一个石制的剑匣,中有双剑,即古代有名的宝剑干将和莫邪,他把干将给了张华,莫邪留着自佩。后来张华犯罪被杀,干将就此失踪。雷焕死后,他的儿子雷华有一天带着莫邪经过延平津(在今福建南平市东),突然,剑从腰间跳进水中,过了一会儿,只见水上出现两条蛟龙。原来干将就在水中,莫邪入水是去和它会合的,两条龙就是两把宝剑的化身。

27　风云感会:即风云际会。古人认为云从龙,风从虎,常以风云际会形容君臣相得,成就大业。

28　大人:指有才干的人。峗屼(niè wù):危险,不安。

登广武古战场怀古[1]

秦鹿奔野草[2]，逐之若飞蓬。
项王气盖世[3]，紫电明双瞳[4]。
呼吸八千人，横行起江东。
赤精斩白帝[5]，叱咤入关中[6]。
两龙不并跃[7]，五纬与天同[8]。
楚灭无英图[9]，汉兴有成功。
按剑清八极[10]，归酣歌大风[11]。
伊昔临广武，连兵决雌雄。
分我一杯羹，太皇乃汝翁[12]。
战争有古迹，壁垒颓层穹[13]。
猛虎啸洞壑，饥鹰鸣秋空。
翔云列晓阵[14]，杀气赫长虹[15]。
拨乱属豪圣[16]，俗儒安可通[17]？
沉湎呼竖子[18]，狂言非至公。
抚掌黄河曲[19]，嗤嗤阮嗣宗[20]。

────　此诗或是太白自东京游梁园，途经广武，有感而作。诗人登广武山，面对遗迹追怀往事，以豪放的笔调，讴歌了汉高祖刘邦。全诗开篇即徐徐展开一幅楚汉争霸图，汉得天下而楚失之,对于二者优劣得失,作者不预设立场,而是进行了客观理智的分析,字字珠玑,难能可贵。而今诗人回首再望,则徒留荒墟,昔日英雄,早已不见风流,又一春秋矣。诗末对于阮籍给予刘邦的评价,作者大力进行讥讽,认为刘邦拨天下之乱有功,非鄙俗之儒能知也。

1 广武:山名,在今河南荥阳市。上有东西两城,相距约二百步,中隔广武涧。楚汉成皋之战时,刘邦在西城,项羽在东城,隔涧对峙。

2 鹿:喻指帝位。

3 项王:指西楚霸王项羽。项羽在《垓下歌》里曾以"力拔山兮气盖世"自诩。

4 紫电:形容目光锐利有神。双瞳:重瞳,相传项羽每只眼睛里有两个瞳仁。

5 赤精斩白帝:传说刘邦起义前,曾趁醉斩杀当道的白蛇。夜间有个老妇在斩蛇的地方哭着说:"我的儿子是白帝子,变成蛇被赤帝子杀了。"赤精,赤帝子,指汉高祖刘邦。

6 叱咤(chì zhà):发怒声。这里形容威武强大。关中:指函谷关以西(今陕西一带)的地方。

7 两龙:指刘邦、项羽。跃:腾跃。

8 五纬:即金、木、水、火、土五个行星。古人认为五星同出是国家吉祥的征兆。这里是用史书的说法，作为刘邦将要统一天下的象征。

9　英图：良好的策略。

10　八极：八方极远之地。这里指天下。

11　大风：刘邦所作的《大风歌》。

12　太皇：太上皇，指刘邦的父亲。楚、汉两军在广武对阵，相持数月，刘邦断绝项羽的粮道。项羽军中缺粮，急于一战，便扬言要烹刘邦的父亲。刘邦回答说："我俩都受命于怀王，约为兄弟，我的父亲就是你的父亲，如果你一定要烹他，就分给我一杯羹吧！"

13　壁垒：古时军营周围的防御建筑。颓：倒塌。穹：隆起的样子。

14　翔云：飞云。

15　赫：赫怒。

16　拨乱：平定纷乱。豪圣：才德威望出众的人。这里指刘邦。

17　通：理解。

18　沉湎：饮酒过度、沉迷的样子。因阮籍嗜酒，故称。竖子：小子，对人轻蔑的称呼。阮籍登广武战场时叹道："时无英雄，使竖子成名。"

19　抚掌：击掌。黄河曲：黄河的弯曲处，指广武山所处的地势。

20　嗤嗤：愚憨无知的样子。嗣宗：阮籍的字，三国时期魏国诗人，陈留尉氏（今河南尉氏县）人，曾为步兵校尉，世称阮步兵。

长相思¹

长相思，在长安。
络纬秋啼金井阑²，微霜凄凄簟色寒³。
孤灯不明思欲绝⁴，卷帷望月空长叹⁵。
美人如花隔云端⁶。
上有青冥之高天⁷，下有渌水之波澜⁸。
天长路远魂飞苦，梦魂不到关山难⁹。
长相思，摧心肝¹⁰！

　　这是一首抒发相思之苦的抒情诗。此诗形式整饬，以第七句为界，分为两个部分。前面由两个三言句总起，四个七言句展开；后面由四个七言句叙写，两个三言句作结。全诗围绕着"长相思"展开抒情，最后又以"长相思"收束情感，在形式上颇具对称之美，韵律感极强，大有助于抒情。"美人"富有托兴意味，"长安"则暗示这是政治托寓，表明此诗意在抒写诗人追求政治理想而不能实现的苦闷。此诗藏诗意于形象之中，隐然不露，具有一种蕴藉美。

1　长相思：乐府"杂曲歌辞"调名。
2　络纬：昆虫名，又名莎鸡，俗称纺织娘。金井阑：雕饰华丽的井栏。

3　簟（diàn）：竹席。

4　思欲绝：形容想念得很厉害。

5　帷：窗帘。

6　美人：古代常用以指贤人，这里可能指在长安的旧友。隔
云端：喻相距遥远。云端，云头。

7　青冥：高远的青天。

8　渌水：清澈的水。

9　关山难：关山难度。

10　摧：摧裂。

梁园吟 [1]

我浮黄河去京阙[2]，挂席欲进波连山[3]。
天长水阔厌远涉[4]，访古始及平台间[5]。
平台为客忧思多，对酒遂作梁园歌。
却忆蓬池阮公咏[6]，因吟渌水扬洪波。
洪波浩荡迷旧国，路远西归安可得[7]？
人生达命岂暇愁[8]？且饮美酒登高楼。
平头奴子摇大扇[9]，五月不热疑清秋。
玉盘杨梅为君设，吴盐如花皎白雪[10]。
持盐把酒但饮之[11]，莫学夷齐事高洁[12]。
昔人豪贵信陵君[13]，今人耕种信陵坟[14]。
荒城虚照碧山月[15]，古木尽入苍梧云[16]。
梁王宫阙今安在？枚马先归不相待[17]。
舞影歌声散渌池，空余汴水东流海[18]。
沉吟此事泪满衣，黄金买醉未能归。
连呼五白行六博[19]，分曹赌酒酣驰晖[20]。
歌且谣[21]，意方远。
东山高卧时起来[22]，欲济苍生未应晚。

———

　　此诗作于天宝三载（744）李白离京后东下黄河，漫游梁园时，成功地把作者从满怀希望入京到抱负落空被"赐金放还"的转折中产生的激越而复杂的情感，真切又生动地抒发出来。此诗胜在形象地抒写情感。诗人运用各种手法，将客观景物、历史遗迹以及一些生活场景生动地勾画出来，使人切身感到作者那些强烈的感情激流和灵魂的苦闷挣扎。全诗随着诗人情感自然奔泻，诗境多变，波澜起伏。

———

1　梁园：又名梁苑，故址在今河南开封市东南，是汉代梁孝王游乐和接待各方来客的地方。

2　去：离开。京阙：京城，指长安。

3　挂席：扬帆。波连山：形容波涛汹涌如起伏的山峰。

4　远涉：渡水远行。

5　平台：台名，在梁园内。春秋时宋平公所筑，梁孝王曾予扩建。

6　蓬池：在大梁西南的尉氏县（今河南尉氏县）。阮公咏：阮籍的《咏怀诗》（其十六）中说："徘徊蓬池上，还顾望大梁。渌水扬洪波，旷野莽茫茫。"

7　迷：分辨不清。旧国：指长安。西归：指回长安，因长安位于梁园之西。

8　达命：对命运持达观的态度。岂暇愁：哪里有工夫去发愁。

9 平头奴子：古时奴仆不得戴冠巾，故称"平头"。

10 吴盐：吴地出产的盐。

11 但：只。

12 夷齐：即伯夷、叔齐，商末孤竹君的两个儿子。孤竹君欲以次子叔齐为继承人。他死后，叔齐推让，长子伯夷也不肯继位，两人都欲投奔周。后来周武王伐商，他们曾叩马而谏，反对武王进军。商王朝灭亡后，他们又躲避到首阳山（在今山西运城市西），不食周粟而死。

13 信陵君：即魏无忌，战国时魏安釐王之弟，封于信陵（今河南宁陵县），号信陵君。魏安釐王二十年（前257），他设法取得兵符，击杀将军晋鄙，夺取兵权，救赵胜秦。后十年为上将军，联合五国击退秦将蒙骜的进攻。门下有食客三千人，是著名的"战国四公子"之一。

14 信陵坟：信陵君的坟墓，在今河南开封市郊。

15 荒城：指魏都大梁（在今河南开封市）。

16 苍梧云：传说有白云自苍梧出，入于大梁。苍梧，山名，又名九嶷山，在今湖南宁远县南。

17 枚：枚乘，字叔，汉初辞赋家，淮阴人。马：司马相如，字长卿，西汉辞赋家，蜀郡成都（今四川成都市）人。枚、马都曾在梁园做过梁孝王的宾客。

18 汴（Biàn）水：古水名。

19　五白:五子皆白。古代一种以"五木"为博具的博戏,共有五子,上黑下白,掷得五子皆黑或皆白为胜采。掷时欲得采,故呼五白。六博:一种博戏,共有棋子十二枚,六黑六白,两人相博,每人六枚,故名。呼五白、行六博,形容当时宾主同乐的情景。

20　分曹:分成若干组。驰晖:飞驰的时光。

21　歌且谣:有乐器伴奏的叫歌,不用乐器伴奏的叫谣。这里泛指歌唱。

22　东山高卧:指谢安早年隐居东山。时:等待时机。

将进酒[1]

君不见，黄河之水天上来[2]，
奔流到海不复回！
君不见，高堂明镜悲白发，
朝如青丝暮成雪。
人生得意须尽欢，莫使金樽空对月[3]。
天生我材必有用，千金散尽还复来[4]。
烹羊宰牛且为乐，会须一饮三百杯[5]。
岑夫子，丹丘生[6]，进酒君莫停[7]，
与君歌一曲，请君为我倾耳听。
钟鼓馔玉不足贵[8]，但愿长醉不用醒[9]。
古来圣贤皆寂寞[10]，惟有饮者留其名。
陈王昔时宴平乐[11]，斗酒十千恣欢谑[12]。
主人何为言少钱？径须沽取对君酌[13]。
五花马[14]，千金裘[15]，
呼儿将出换美酒[16]。与尔同销万古愁[17]。

———

　　全诗篇幅不长，却五音繁会，气势磅礴，语言豪放，给人以
一泻千里的感觉。它笔酣墨饱，情极悲愤而作狂放，语极豪纵
而又沉着。夸张的手法和深厚的内在感情使诗篇具有震烁古

今的气势与力量。全篇大起大落,诗情忽翕忽张,由悲转乐,转狂放,转愤激,再转狂放,最后回应篇首,结于"万古愁"。此诗音节嘹亮,换韵迅疾,多变的句式极好地反映出诗人瞬息万变的感情波折,有曲折亦有气势,参差有致,纵横捭阖。

1　将进酒:乐府"鼓吹铙歌曲"调名,内容多写朋友宴会时放歌劝饮的情景。

2　黄河之水天上来:古人认为黄河源出昆仑山,因其地极高,所以说天上来。

3　金樽:珍贵的酒器。

4　千金散尽还复来:相传李白游梁、宋时,曾得数万金,一挥而尽,所以在诗中作此豪语。

5　会须:会当,应当。一饮三百杯:东汉郑玄善饮酒,相传能连饮三百余杯而不改常态。这里借指痛饮。

6　岑夫子,丹丘生:指李白的好友岑勋、元丹丘。

7　进酒君莫停:一作"将进酒,杯莫停"。

8　钟鼓:古代富贵人家宴会时所奏的乐器。馔玉:珍贵的食品。

9　用:一作"复"或"愿"。

10　寂寞:形容无声无息,默默无闻。

11　陈王:指三国时魏国的诗人曹植,曹操的第三子,曾被封为陈王。其诗《名都篇》中有"归来宴平乐,美酒斗十千"等句。平乐:即平乐观,汉代宫阙名,故址在今河南洛阳市附近。

12　恣欢谑:尽情地欢乐谈笑。恣,放任。

13　径:直截了当的意思。沽取:买。这里指沽酒。

14　五花马:剪马鬃为五个花瓣的马。唐代开元、天宝年间,凡有名马者都把马鬃剪成花瓣的形状。一说是毛色斑驳的良马。

15　千金裘:价值千金的狐裘。这里泛指珍贵的皮衣。

16　将:拿。

17　尔:你。万古愁:形容无穷无尽的忧虑。

鸣皋歌送岑征君[1]

若有人兮思鸣皋，阻积雪兮心烦劳。
洪河凌兢不可以径度[2]，冰龙鳞兮难容舠[3]。
邈仙山之峻极兮[4]，闻天籁之嘈嘈。
霜崖缟皓以合沓兮[5]，若长风扇海，
涌沧溟之波涛。
玄猿绿罴[6]，舔舕崟岌[7]。
咆柯振石，骇胆栗魄，群呼而相号。
峰峥嵘以路绝，挂星辰于岩嶅[8]。
送君之归兮，动鸣皋之新作。
交鼓吹兮弹丝[9]，觞清泠之池阁[10]。
君不行兮何待？若返顾之黄鹄[11]。
扫梁园之群英[12]，振大雅于东洛。
巾征轩兮历阻折[13]，寻幽居兮越巇嶕[14]。
盘白石兮坐素月[15]，琴松风兮寂万壑[16]。
望不见兮心氛氲[17]，萝冥冥兮霰纷纷[18]。
水横洞以下渌[19]，波小声而上闻。
虎啸谷而生风，龙藏溪而吐云。
寡鹤清唳，饥鼯嚬呻[20]。
块独处此幽默兮[21]，愀空山而愁人[22]。

鸡聚族以争食²³，凤孤飞而无邻。
蝘蜒嘲龙²⁴，鱼目混珍。
嫫母衣锦²⁵，西施负薪。
若使巢由桎梏于轩冕兮²⁶，
亦奚异乎夔龙蹩躠于风尘²⁷？
哭何苦而救楚²⁸？笑何夸而却秦²⁹？
吾诚不能学二子沽名矫节以耀世兮³⁰，
固将弃天地而遗身。
白鸥兮飞来，长与君兮相亲。

———　天宝四载（745）冬，李白于梁园内清泠池上作此诗。这是一首骚体诗，诗中想象岑征君旅途中的艰险情景，也抒发了自己遭受排斥的不平心情。尤其是诗的后半，通过一连串的比喻，生动地勾勒出一幅统治阶级内部争权夺利的画面。此诗在语言、结构上富于变化，设想奇妙，气势奔放，使人无法预测。全诗的句式、语言、音节、韵味酣畅淋漓，纵横驰骋，具有声势夺人的气魄。那些借助含混、朦胧的意象所形成的梦幻般的艺术效果，无疑是李白所独创的。

———　1　鸣皋：又名九皋山，在今河南嵩县东北。相传有白鹤飞鸣于此，故名。岑征君：李白的好友岑勋。

2　凌兢(jīng)：寒冷而令人战栗。径度：直渡。

3　冰龙鳞：冰块呈锯齿状，参差如龙鳞。舠(dāo)：形状如刀的小船。

4　仙山：指鸣皋山。

5　缟皓(gǎo hào)：洁白的样子。合沓：重重叠叠。

6　玄猿：黑色的猿。绿罴(pí)：熊的一种，毛带有绿光。

7　舔舕(tàn)：吐舌的样子。崟岌(yín jí)：山峰险峻。

8　岩嶅(áo)：多石的山崖。

9　弹丝：弹奏弦乐。

10　觞：饮酒。清泠：指梁园的清泠池。

11　返顾：形容分别时依恋不舍的样子。苏武有"黄鹄一远别，千里顾徘徊"之句，这里化用其意。

12　扫：扫尽。群英：指梁园内所有的杰出人物。

13　巾征轩：用帷幕盖住的远行车子。历阻折：经历艰难险阻。

14　巘崿(yǎn'è)：山崖。

15　盘白石：盘腿坐在白石上。坐素月：坐在皎洁的月光下。

16　琴：弹琴。松风：即《风入松》，琴曲名。

17　心氛氲：内心烦乱。氛氲，即纷纭。

18　萝：女萝，植物名。霰(xiàn)：雪珠。

19　横洞：汪洋无际的样子。渌：清澈。

20　鼯(wú)：鼯鼠，形似蝙蝠，常在夜里飞鸣，鸣声像人的哭叫声。嚬(pín)呻:痛苦呻吟。

21 块:孤独。幽默:寂静。

22 愀(qiǎo):凄怆的样子。

23 聚族:成群。

24 蝘(yǎn)蜓:蝎虎。

25 嫫母:传说是黄帝的妃子,貌丑,后用作丑女代称。衣:穿。锦:美丽的衣服。

26 巢由:巢父和许由。相传是唐尧时不愿做官的隐士。桎梏(zhì gù):脚镣手铐。这里指束缚。轩冕:古代大官用的车和帽。这里指做官。

27 奚异:何异,有什么不同。夔(kuí)龙:传说是虞舜时两个贤臣。蹩躠(bié xiè):匍匐而行的样子。风尘:指民间。

28 救楚:据《战国策·楚策》记载,春秋时吴楚交战,吴军攻破了楚都,楚国大夫申包胥赶到秦国求援,在秦国的宫殿上哭了七天七夜,感动了秦王,最后秦王发兵救楚。

29 却秦:据《战国策·赵策》记载,秦军围困赵都邯郸,魏王派将军辛垣衍劝赵尊秦为帝。鲁仲连赶到辛垣衍面前,大讲秦国称帝之害,使他不敢再说尊秦为帝的话。秦将闻之退兵五十里。这是一种夸张的说法。

30 沽名:有意做作以猎取名声。矫节:矫揉造作,装出节操很高的样子以赚取好评。

忆旧游寄谯郡元参军 [1]

忆昔洛阳董糟丘[2]，为余天津桥南造酒楼[3]。
黄金白璧买歌笑，一醉累月轻王侯[4]。
海内贤豪青云客[5]，就中与君心莫逆[6]。
回山转海不作难，倾情倒意无所惜[7]。
我向淮南攀桂枝[8]，君留洛北愁梦思。
不忍别，还相随[9]。
相随迢迢访仙城[10]，三十六曲水回萦。
一溪初入千花明[11]，万壑度尽松风声。
银鞍金络到平地[12]，汉东太守来相迎[13]。
紫阳之真人[14]，邀我吹玉笙。
餐霞楼上动仙乐[15]，嘈然宛似鸾凤鸣[16]。
袖长管催欲轻举[17]，汉中太守醉起舞[18]。
手持锦袍覆我身，我醉横眠枕其股。
当筵意气凌九霄，星离雨散不终朝[19]，
分飞楚关山水遥[20]。
余既还山寻故巢[21]，君亦归家度渭桥。
君家严君勇貔虎[22]，作尹并州遏戎虏[23]。
五月相呼渡太行[24]，摧轮不道羊肠苦[25]。
行来北凉岁月深[26]，感君贵义轻黄金。

琼杯绮食青玉案[27]，使我醉饱无归心。
时时出向城西曲，晋祠流水如碧玉[28]。
浮舟弄水箫鼓鸣，微波龙鳞莎草绿[29]。
兴来携妓恣经过，其若杨花似雪何？
红妆欲醉宜斜日[30]，百尺清潭写翠娥[31]。
翠娥婵娟初月辉[32]，美人更唱舞罗衣。
清风吹歌入空去，歌曲自绕行云飞。
此时行乐难再遇，西游因献《长杨赋》[33]。
北阙青云不可期[34]，东山白首还归去[35]。
渭桥南头一遇君，酂台之北又离群[36]。
问君别恨今多少？落花春暮争纷纷。
言亦不可尽，情亦不可极。
呼儿长跪缄此辞，寄君千里遥相忆。

　　此诗历叙与元演四番聚散的经过，是了解李白生平和思想的重要作品。这首诗几乎没有正面描写对现实的愤懑，相反，倒是把重温往日的旧梦写得恣肆畅快，笔酣墨饱。诗人通过将故人、往事的理想化、浪漫化，突出了现实的缺憾。此诗层次分明，结构严谨，写法极富变化，颇多淋漓兴会之笔。通篇以七言为主，兼有三、五、九字句，于整饬中见参差，终能神气自畅。全诗纵横奔放，又深沉含蓄，使览者应接不暇。

1　谯（Qiáo）郡：今安徽亳州市一带。元参军：元演，生平不详。

2　董糟丘：可能是当时洛阳一个开酒店的人。

3　天津桥：在今河南洛阳市西南。

4　累月：接连好几个月。

5　海内：指中国。因旧时认为中国四面环海，故称。贤豪：指才德出众、声望很高的人。青云客：指身居高位的人。

6　就中：其中。莫逆：情投意合。

7　倾情倒意：犹尽心竭力。

8　攀桂枝：化用淮南王刘安《招隐士》诗中"攀援桂枝兮聊淹留"句意，指隐居深山，求仙访道。李白曾于开元二十七年（739）去淮南。

9　还相随：指李白与元演在开元二十七年冬同游随州。

10　仙城：这里可能指仙城山。

11　千花明：众花盛开。

12　银鞍金络：指骑着装饰华丽的马。

13　汉东：汉东郡，即随州，在今湖北随州市一带。

14　紫阳之真人：即胡紫阳。真人，对道士的敬称。

15　餐霞楼：胡紫阳在随州苦竹院中建造的楼。仙乐：指道士的笙管等乐器。

16　嘈然：形容众乐齐奏的声音。

17　轻举：飘然欲飞，形容起舞的姿态。

18　汉中：疑即汉东。

19　星离雨散：分散，喻指离别。不终朝：不满一个早晨，喻时间很短。

20　楚关：指随州，因其地古时属楚。

21　还山：回乡。

22　严君：父亲。勇貔（pí）虎：指元参军的父亲是勇猛的武将。貔虎，猛兽。

23　尹：官名。并（Bīng）州：即太原。遏：阻止，抵挡。

24　"五月"句：指开元二十三年（735）李、元同游太原。太行，即太行山。当时从洛阳去太原须经太行山。

25　羊肠：即羊肠坂，太行山上的险隘小道。曹操《苦寒行》："北上太行山，艰哉何巍巍。羊肠坂诘诎，车轮为之摧。"

26　北凉：应作"北京"。天宝初期曾称太原为"北京"。岁月深：日子很长了。

27　琼杯：玉杯。绮（qǐ）食：精美的食品。案：有足的托盘。

28　晋祠：周代晋国始祖唐叔虞的祠庙，在今山西太原市西南。叔虞始受封为唐侯，后改国号为晋。

29　莎（suō）草：河边水草。

30　宜斜日：指在斜日的照映下，容貌更美了。

31　写：画。翠娥：指美女。

32 婵娟:秀丽,美好。初月辉:新月的光辉。

33 西游:指到长安。《长杨赋》:西汉扬雄献给汉成帝的一篇赋。

34 北阙:指朝廷。尚书奏事及谒见时,皆至北阙。

35 东山:在今浙江绍兴市,晋谢安曾在此隐居。这里借指隐居之地。

36 酂(Zàn)台:即酂亭,在谯郡。

梦游天姥吟留别 [1]

海客谈瀛洲，烟涛微茫信难求 [2]。

越人语天姥，云霞明灭或可睹 [3]。

天姥连天向天横，势拔五岳掩赤城 [4]。

天台四万八千丈，对此欲倒东南倾 [5]。

我欲因之梦吴越 [6]，一夜飞度镜湖月。

湖月照我影，送我至剡溪 [7]。

谢公宿处今尚在 [8]，渌水荡漾清猿啼 [9]。

脚着谢公屐 [10]，身登青云梯 [11]。

半壁见海日，空中闻天鸡 [12]。

千岩万转路不定，迷花倚石忽已暝 [13]。

熊咆龙吟殷岩泉，慄深林兮惊层巅 [14]。

云青青兮欲雨，水澹澹兮生烟 [15]。

列缺霹雳，丘峦崩摧 [16]。

洞天石扉 [17]，訇然中开 [18]。

青冥浩荡不见底 [19]，日月照耀金银台 [20]。

霓为衣兮风为马，云之君兮纷纷而来下 [21]。

虎鼓瑟兮鸾回车 [22]，仙之人兮列如麻。

忽魂悸以魄动 [23]，恍惊起而长嗟。

惟觉时之枕席 [24]，失向来之烟霞 [25]。

世间行乐亦如此，古来万事东流水。
别君去今何时还[26]？
且放白鹿青崖间，须行即骑访名山。
安能摧眉折腰事权贵[27]，使我不得开心颜！

———　　诗人在离开东鲁南下吴越时写了这首诗。这是一首记
梦诗，也是一首游仙诗。全诗构思奇特，语言夸张，富于变化，
通过写梦游奇境，刻画出理想中天姥山的绮丽绝妙的景象，隐
喻了自己追求光明、摆脱困境的愿望。此诗感慨深沉、抗议激
烈，并非真正依托于虚幻之中，而是在神仙世界的虚无缥缈中
反探现实。全诗内容丰富曲折，奇谲多变。绮丽多姿的形象
构成了此诗的浪漫主义华赡情调，兼之雄壮的气势和豪放的
风格，使全诗格调昂扬振奋。

———
1　天姥(mǔ)：山名，在今浙江新昌县东五十里，东接天台山。
2　"海客"二句：往来海上的人们谈起瀛洲时，都说它在烟雾
波涛之中渺渺茫茫，实在难以寻访。瀛(yíng)洲，传说中的东
海仙山。微茫，隐约迷茫，模糊不清的样子。信，实在。
3　明灭：时明时暗，指云霞因天气阴晴不同而发生的变化。
4　拔：超越。赤城：山名，在今浙江天台县北，为天台山的南
门，土色皆赤。

5　天台：山名，在今浙江天台县北。四万八千丈：是一种夸张的说法，并非实数。此：指天姥山。

6　之：指越人关于天姥山的传说。

7　剡溪：水名，在今浙江嵊州市南。

8　谢公：指谢灵运，南朝刘宋诗人，陈郡阳夏（今河南太康县）人，曾任永嘉太守，后移居会稽。他游览天姥山时曾在剡溪住过，有"暝投剡中宿，明登天姥岑"的诗句。

9　渌水：清水。清猿啼：凄清的猿啼声。

10　谢公屐：指谢灵运游山时穿的一种特制木鞋，鞋底下安着活动的齿，上山时抽去前齿，下山时抽去后齿，便于走山路。

11　青云梯：形容山岭高峻，上山的路高耸入云。

12　天鸡：据《述异记》记载，东南方有桃都山，山上有桃都树，树上有天鸡，每天早晨太阳照到树上，天鸡就开始鸣叫，天下的雄鸡也都随着叫了起来。

13　"千岩"二句：山峦重叠，峰回路转，路径变化不定；迷恋奇花，欣赏怪石，倏忽已临黄昏。

14　"熊咆"二句：熊咆龙吟，震荡着山岩和泉水；林深峰叠，令人惊惧战栗。殷，震动。层巅，层叠的山峰。

15　澹澹（dàn）：水波闪动的样子。

16　"列缺"二句：电闪雷鸣，山峰倾塌。列缺，闪电。霹雳，雷声。

17 洞天：道家用以称神仙所居的洞府,意谓洞中别有天地。

石扉：石门。

18 訇然：形容声音很大。

19 青冥：高空。浩荡：广阔壮大的样子。

20 金银台：传说中神仙所居的金碧辉煌的楼台。

21 云之君：云神。

22 鼓：弹。瑟：一种乐器。鸾：传说中凤凰一类的鸟。

23 悸：惊动。

24 觉时：梦醒之时。

25 向来：刚才。烟霞：烟雾云霞,指梦中所见的奇景。

26 君：指东鲁的友人。

27 摧眉折腰：低眉弯腰。事：侍候。

西岳云台歌送丹丘子[1]

西岳峥嵘何壮哉[2]！黄河如丝天际来。
黄河万里触山动，盘涡毂转秦地雷[3]。
荣光休气纷五彩[4]，千年一清圣人在[5]。
巨灵咆哮擘两山[6]，洪波喷流射东海。
三峰却立如欲摧[7]，翠崖丹谷高掌开[8]。
白帝金精运元气[9]，石作莲花云作台[10]。
云台阁道连窈冥[11]，中有不死丹丘生。
明星玉女备洒扫[12]，麻姑搔背指爪轻。
我皇手把天地户[13]，丹丘谈天与天语。
九重出入生光辉[14]，东求蓬莱复西归。
玉浆倘惠故人饮[15]，骑二茅龙上天飞[16]。

　　此诗是李白为送友人元丹丘去华山而作。诗人以极富
浪漫主义的手法把秀美的山水和绮丽的神话巧妙地结合在一
起，将华山、黄河描绘得气象万千，雄伟无比。通过对华山奇
景以及元丹丘其人的极度夸张的渲染和描绘，表现出对隐居
避世的高人的赞颂，在冥冥中流露出诗人对隐居生活的向往。
此诗借助奇诡的神话传说，加上丰富多姿的想象，创作出奇幻
飘逸的境界。全诗运笔收放自如，"纵之则文漪落霞，舒卷绚

烂",收之则"万骑忽敛,寂然无声"。

1　西岳:即华山,在今陕西华阴市。云台:华山上的云台峰。丹丘子:即元丹丘。

2　峥嵘:高峻的样子。

3　盘涡毂转:形容黄河水急,激流冲击成的旋涡如车轮般地转动着。盘涡,旋转的水涡。毂(gǔ),车轮中心可以穿轴的地方。秦地雷:形容水声轰响,如同秦地的雷声。

4　荣光:五色的光彩。休气:瑞气。

5　圣人:古人认为黄河清则圣人出。

6　巨灵:河神。擘两山:传说华山原与对岸山峰相连,挡住河水去路,河神以手擘开其上,以脚踏离其下,中分为二,以通河流,才形成隔河相对的华山和首阳山。

7　三峰:指华山上的莲花峰、落雁峰和朝阳峰。却立:退而立定。

8　翠崖丹谷:指华山上或翠或赤的岩石。高掌开:华山的东北叫仙人掌,传说是河神擘山时留下的掌迹。

9　白帝:传说少昊为白帝,治华山。金精:道家五行说认为西方属金,故称白帝为金之精。运元气:形容华山的奇峰异景是白帝的神力所造成的。元气,我国古代朴素唯物主义者认为元气是产生和构成世界万物的原始物质,唯心主义者则认为是精神的派生物。

10　莲花：指华山上的莲花峰。云作台：指华山云台峰。华山山形，中间三峰突出如莲心，周围诸山如莲瓣，其下为云台峰，从远处看去，恰似青色莲花开放于云台。

11　阁道：即栈道。窈（yǎo）冥：幽暗的样子。

12　明星玉女：仙女名。传说华山有明星玉女持玉浆，服之即成仙。

13　我皇：指传说中的西王母。据《汉武帝内传》记载，王母命侍女歌元灵之曲，曲中有"天地虽寥廓，我把天地户"之句。

14　九重：指天，传说中上帝所居之处。

15　玉浆：传说嵩山北面有一个大穴，一老翁误入穴中，行十多日，见一草屋，有两个仙人在内下棋，桌旁置有饮料数杯，老翁向仙人索饮，饮毕，顿觉气力倍增。老翁后来到洛阳问张华，张华说："那是仙馆，你所饮是玉浆。"

16　茅龙：传说汉中卜师呼子先，年百余岁，一日，叫酒店老妇赶快收拾，便见有仙人带了两只茅狗来，子先和老妇各骑一只，化为龙，飞上华山成仙。

赠从弟冽 [1]

楚人不识凤，重价求山鸡 [2]。
献主昔云是，今来方觉迷。
自居漆园北，久别咸阳西 [3]。
风飘落日去，节变流莺啼 [4]。
桃李寒未开 [5]，幽关岂来蹊？
逢君发花萼 [6]，若与青云齐。
及此桑叶绿，春蚕起中闺。
日出布谷鸣，田家拥锄犁。
顾余乏尺土，东作谁相携 [7]？
傅说降霖雨 [8]，公输造云梯 [9]。
羌戎事未息 [10]，君子悲涂泥 [11]。
报国有长策，成功羞执珪 [12]。
无由谒明主，杖策还蓬藜 [13]。
他年尔相访 [14]，知我在磻溪 [15]。

　　此诗是天宝五载（746）李白在山东时所作。诗中运用典故表达了自己不被重用，理想抱负难以实现的愤慨，也表现出诗人虽被排挤，但仍心系边地动乱的高尚情操。诗人以楚人自喻，暗示自己不得重用，抑郁无为。他欲归去隐居，但又

"身虽东居，心则西向"，仍希望自己能够得到施展理想抱负的空间。"报国"二句，舒卷自如。最后诗人运用典故，倾诉自己内心的激荡情感：己有治国良策且不图成功之厚赏，静待他年明君肯相访以求。

1　冽：李冽，李白的堂弟。

2　重价求山鸡：相传有一楚人，误将山鸡当凤凰，以重价买了回去，准备献给楚王。不料山鸡死了，但楚王被他的诚意感动，仍厚赏了他。

3　漆园：在今山东菏泽市。咸阳：指长安。

4　节变：季节变换。流莺：飞翔的黄莺。

5　桃李：《史记·李将军列传》有"桃李不言，下自成蹊"之句，意思是桃李不会说话，但因它有花果，吸引着人们去欣赏、攀折，踏出一条路来。

6　君：指李冽。花萼：花与萼，比喻兄弟友爱。萼，花瓣下部的一圈绿色叶状小片。

7　东作：春耕。携：提携，相伴的意思。

8　傅说（yuè）：商王武丁的大臣，相传原是打土墙、盖房子的奴隶。降霖雨：比喻傅说治国有方，惠泽人民。

9　公输：即公输班，春秋时鲁国人，著名的巧匠。相传他曾为楚国制造云梯以攻打宋国。

10 羌戎:指当时的吐蕃。

11 涂泥:形容地位低下,没有建功立业的机会。

12 执珪(guī):指得到官位。珪,表示爵位的玉器。

13 杖策:即策杖,拄着拐杖。蓬藜:野草名。

14 他年:泛指将来。尔:你,指李冽。

15 磻溪:又名璜河,在今陕西宝鸡市南,相传是吕尚钓鱼处。

上李邕¹

大鹏一日同风起，扶摇直上九万里²。
假令风歇时下来，犹能簸却沧溟水³。
时人见我恒殊调⁴，闻余大言皆冷笑。
宣父犹能畏后生⁵，丈夫未可轻年少⁶。

大鹏是李白常常借以自况的形象，它在李白眼中是一个带着浪漫主义色彩的、不凡的英雄形象。大鹏在庄子的哲学中是理想的图腾，李白常把大鹏看作自己的精神化身。此诗前四句以寥寥数笔勾画出一个力簸沧海的大鹏形象，这是年轻诗人的自喻。后四句是作者对李邕怠慢态度的回答，充满揶揄讽刺的意味，巧妙地回敬了李邕的轻慢，显示出诗人的桀骜和少年锐气。对李邕的指名直斥，显示了"不屈己，不干人"，笑傲权贵，平交王侯的李太白本色。

1　李邕：字泰和，江都（今江苏扬州市）人，唐玄宗时任北海（今山东青州市）太守，书法、文章都有名，世称李北海，后被李林甫杀害。

2　扶摇：由下而上的旋风。《庄子·逍遥游》："鹏之徙于南溟也，水击三千里，抟扶摇而上者九万里。"

3　簸:摇动,掀动。沧溟:海水弥漫的样子。这里指大海。

4　恒:经常。殊调:不同的格调。这里借指不同的见解与
态度。

5　宣父:唐朝统治者给孔子的封号。

6　丈夫:年尊者。这里指李邕。年少:李白自称。

鲁郡东石门送杜二甫 [1]

醉别复几日，登临遍池台[2]。
何时石门路，重有金樽开？
秋波落泗水[3]，海色明徂徕[4]。
飞蓬各自远，且尽手中杯。

　　天宝四载（745），李白、杜甫同游齐鲁。深秋，杜甫西去长安，李白再游江东，二人在鲁郡东石门分手，临行时李白作此诗。此一别后，二人再未相逢。此诗以"醉别"开始，干杯结束，首尾呼应，一气呵成，充满豪放不羁和乐观开朗的情感，丝毫没有抑郁忧伤的情调。诗中自然美与人情美交相辉映，互相衬托，景中寓情，情随景现，给人以美的感受。此诗以情动人，以美感人，充满了诗情画意。结句干脆有力，寥寥数笔，将李白对杜甫的深情厚谊倾吐无遗。

1　石门：山名，在今山东曲阜市东北，上有石门寺。杜二甫：
　即杜甫，因排行第二，故称。
2　登临：登山临水，游览的意思。
3　秋波：秋水。泗水：在今山东省中部，源出泗水县东面的蒙山山麓,四泉并发,故名。

4 海色:晓色。因拂晓时天色微明,如海气朦胧,故称。徂徕:山名,在今山东泰安市东南。

沙丘城下寄杜甫[1]

我来竟何事？高卧沙丘城[2]。
城边有古树，日夕连秋声[3]。
鲁酒不可醉，齐歌空复情[4]。
思君若汶水，浩荡寄南征[5]。

　　此诗为李白寄寓沙丘时所作，描写与杜甫分别后饮酒不
醉、听歌无趣的心情，并以汶水之长流不断为喻，表达自己与
杜甫的深厚友情。诗的前六句无一句提到"思君"，直到末二
句豁然开朗，道出"思君"，前六句之烟云，都为烘托后二句之
"思君"。这样的构思，既能为诗的主旨蓄势，又赋予日常生活
以浓浓的诗味。结句诗人寄情于流水，既照应诗题又点明主
旨，那流水不绝、相思不息的意境，构成了语尽情长的韵味，显
示了诗人感情的淳朴真挚。

1　沙丘：城名，其地与汶水相近。

2　高卧：这里指闲居。

3　日夕：朝暮。秋声：指秋天风吹草木的肃杀声。

4　鲁、齐：泛指今山东一带。空复情：徒有情意。

5　君：指杜甫。南征：向南远行的人。这里指杜甫。

鲁东门观刈蒲[1]

鲁国寒事早[2]，初霜刈渚蒲[3]。
挥镰若转月，拂月生连珠。
此草最可珍，何必贵龙须[4]？
织作玉床席[5]，欣承清夜娱[6]。
罗衣能再拂[7]，不畏素尘芜[8]。

———　　此诗约作于天宝五载(746)秋日，以优美抒情的笔调，描写了蒲草的功用和农民刈蒲的情景。全诗开篇直入主题，写鲁人刈蒲。三、四句则挥洒出了一幅秀美绝伦的刈蒲图：镰刀挥动，就像一弯旋转的新月，溅起的水花恍如一连串的明珠。"转月"对"连珠"，工整生动，使全诗画面活泛了起来，栩栩如生。接着，诗人挥墨而下，提及蒲草的功用，怀有赞美之情，风致自长。明人评此诗"清脱有古意"。

———　　1　刈(yì)：割。蒲：多年生水草，柔滑可以织席。
　　　　2　鲁国：鲁地。这里指山东一带。寒事：御寒之事。
　　　　3　渚：水中的小块陆地。
　　　　4　龙须：龙须草，多年生草本植物，可织制珍贵的席子。
　　　　5　玉床：指精致的床。

6　娱：乐。这里是舒适的意思。

7　罗衣：用丝绸缝制的衣服。拂：拂拭。

8　素尘：灰尘。芜：这里是多的意思。

金乡送韦八之西京[1]

客自长安来[2]，还归长安去。
狂风吹我心，西挂咸阳树[3]。
此情不可道[4]，此别何时遇？
望望不见君[5]，连山起烟雾[6]。

此诗约作于天宝八载（749）春。李白在金乡遇到友人韦八回长安，写了这首诗送别。开篇首二句像家常话一样淳朴自然，信手拈来，毫不费力。三、四句是脍炙人口的佳句，凭空起势，想象新奇，可谓神来之笔，带有浪漫主义色彩，使此诗"平中见奇"。"挂"字极妙，用虚拟的手法，形象地表现出了作者的内心世界。最后诗人伫立凝望，"望"字重叠，显示出伫立之久和依恋之深。此诗语言平易、通俗，没有雕饰的痕迹，浑然天成。

1　金乡：今山东金乡县。韦八：姓韦，排行第八，名字、生平不详。西京：即长安，天宝元年（742）改称西京。

2　客：指韦八。

3　咸阳：指长安。

4　不可道：无法用语言表达。

5　望望：瞻望。

6　连山：连绵不断的群山。

越女词五首（其三）

耶溪采莲女[1]，见客棹歌回[2]。
笑入荷花去，佯羞不出来。

———— 这组诗是李白漫游吴越时所作，描写吴越地区女子的容貌和衣着，展示出江南水乡的独特风情。此诗风格清新活泼，有浓厚的民歌色彩。全诗共四句，首二句绘成一幅优美清新的采莲泛舟图。后二句写采莲的耶溪女子多情而娇羞之貌，极尽情态，充满诗意。末句"佯羞"二字恰到好处，钟惺评曰："非'佯羞'二字说不出'笑入'之情。"此诗风格自然清新，语言优美淳朴，令人心旷神怡。

————

1 耶溪：即若耶溪，在今浙江绍兴市。
2 棹歌：划船对唱的歌。

登金陵凤凰台¹

凤凰台上凤凰游，凤去台空江自流。
吴宫花草埋幽径²，晋代衣冠成古丘³。
三山半落青天外⁴，二水中分白鹭洲⁵。
总为浮云能蔽日，长安不见使人愁。

这首诗是李白登金陵凤凰台时所作。诗人运用七律的形式，借古伤今，以"凤去台空"展现出怅然若失的意绪，以景抒情，自然天成。首二句以神话传说总起，落笔轻灵，悠然无尽。其后二联承接首联，一写感事，是虚写，叙述"凤去台空"的历史变化；一为写景，抒发了对"江自流"的现实感慨。结句以浓厚的忧虑之感，强烈地表达了对时政的不满和愤慨，也深情地诉说了对国事的关心。全诗在怀古中蕴含着强烈的伤时之感，荡气回肠，余韵袅袅。

1　凤凰台：故址在今南京市凤凰山。相传南朝刘宋元嘉年间，有凤凰翔集于山上，故作此台。

2　吴宫：三国时吴国的宫殿。

3　晋代：指东晋，东晋建都于金陵。衣冠：指豪门贵族。丘：坟墓。

4   三山：山名，在今南京市西南长江边，因三峰并列、南北相连而得名。半落：形容三山有一半被云遮住，看不清楚。

5   二水：一作"一水"。指秦淮河流经南京后，西入长江，被横截其间的白鹭洲分为二支。白鹭洲：古代长江中的沙洲，在今南京市水西门外。洲上多聚白鹭，故名。

丁都护歌[1]

云阳上征去[2]，两岸饶商贾。
吴牛喘月时[3]，拖船一何苦！
水浊不可饮，壶浆半成土[4]。
一唱都护歌，心摧泪如雨[5]。
万人凿盘石，无由达江浒[6]。
君看石芒砀[7]，掩泪悲千古。

　　此诗作于天宝六载(747)李白漫游江南润州(今江苏镇江市)一带时，真实再现了拖船劳工的繁重劳役，倾注了诗人对劳动人民的同情。全诗前八句以拖船之艰苦、生活条件之恶劣、心境之悲凉塑造了一个个船工的形象，几近极致。诗末以提醒句式，不写人悲，反写石悲，以石衬人，进一步表明船工极深切的悲痛。此诗以形象的画面代替叙写，落笔沉痛，含义深远，描写由远到近，由景及人，层层深入。全诗感情真挚动人，形象生动鲜活，语言精练透辟。

1　丁都护歌：乐府"吴声歌曲"调名，声调哀切。

2　云阳：今江苏丹阳市。上征：逆水向上游行驶。

3　吴牛喘月：形容天气酷热。据说吴地的水牛怕热，在夏天夜晚看到月亮也当作太阳,喘气不止。

4　壶浆:茶水、酒浆。

5　摧:悲伤。

6　盘石:大石头。江浒:江边。

7　芒砀(dàng):芒山、砀山,在今安徽、江苏、山东三省的交
界处。古时芒、砀一带盛产文石(有纹理的石头)。一说芒砀
是叠韵联绵词,形容石头粗重难移。

闻王昌龄左迁龙标遥有此寄[1]

杨花落尽子规啼，闻道龙标过五溪[2]。
我寄愁心与明月，随风直到夜郎西[3]。

天宝四载(745)，王昌龄被贬龙标尉，李白听闻好友遭谗被贬，写了这首诗。诗中用比兴的手法，对王昌龄的遭遇表示了深刻的关注和同情。此诗首句写景，兼明时令，取"杨花"与"子规"二象，隐喻着漂泊、伤离两重含义，蕴味深浓。二句直言其事，点明题旨。后二句寄情于景，王昌龄此一去天涯路远，再难相见，只有托付情思与明月，聊慰其孤寂。这首诗感情真挚，意境高远，胸襟开阔，给人以奋发昂扬之感，表现出诗人飘逸豪放的情怀。

1　王昌龄：字少伯，太原(今山西太原市)人。开元进士，曾任汜水尉、校书郎、江宁令，后被贬为龙标尉，世称"王江宁""王龙标"。左迁：降职。龙标：唐代县名，在今湖南怀化市。
2　闻道：听说。五溪：指雄溪、樠溪、酉溪、沅溪、辰溪，在今湖南西部和贵州东部。龙标靠近贵州，在唐代是比较荒僻的地方，所以诗中提到"过五溪"，为王昌龄的处境担心。
3　夜郎：唐代县名，在今贵州桐梓县境内。这里泛指湖南西部和贵州一带地区。

寄东鲁二稚子[1]

吴地桑叶绿[2]，吴蚕已三眠。
我家寄东鲁，谁种龟阴田[3]？
春事已不及[4]，江行复茫然。
南风吹归心，飞堕酒楼前。
楼东一株桃，枝叶拂青烟[5]。
此树我所种，别来向三年[6]。
桃今与楼齐，我行尚未旋[7]。
娇女字平阳，折花倚桃边。
折花不见我，泪下如流泉。
小儿名伯禽，与姊亦齐肩。
双行桃树下，抚背复谁怜？
念此失次第[8]，肝肠日忧煎。
裂素写远意[9]，因之汶阳川[10]。

———　　李白寓居金陵时，看到当地桑绿蚕肥，遥想寄居东鲁的儿女而作此诗，以抒发对他们的怀念和怜爱之情。这是一首情深意浓的寄怀诗，诗人以生动的笔触，抒发了思念儿女的骨肉深情。此诗以景发端，为我们展示了一幅清新如画的江南春色图。接着即景生情，想到了远方的家和儿女，泛起慈父之情。诗人运用华赡的想象,把所要表现的事物形态和神态都想象得细致入微、栩栩如生。绮丽的想象使此诗情景并茂,神韵飞动,感人至深。

1 东鲁:这里指山东任城(今山东济宁市)一带。

2 吴地:泛指金陵一带。

3 龟阴田:李白借用《左传·定公十年》齐人来归龟阴田的典故,指自己在东鲁的田地。龟阴,龟山(在今山东新泰市)以北地区,山的北面叫阴。

4 春事:农事。

5 拂青烟:形容桃树枝叶茂盛。

6 向:近。

7 旋:回。

8 失次第:形容心绪紊乱。

9 裂素:裁纸。

10 之:至。汶阳川:借指汶水。因汶阳在今山东宁阳县境,靠近汶水。

答王十二寒夜独酌有怀[1]

昨夜吴中雪，子猷佳兴发[2]。

万里浮云卷碧山，青天中道流孤月[3]。

孤月沧浪河汉清[4]，北斗错落长庚明[5]。

怀余对酒夜霜白，玉床金井冰峥嵘[6]。

人生飘忽百年内，且须酣畅万古情[7]。

君不能狸膏金距学斗鸡[8]，坐令鼻息吹虹霓[9]。

君不能学哥舒[10]，横行青海夜带刀[11]，

西屠石堡取紫袍[12]。

吟诗作赋北窗里，万言不直一杯水[13]。

世人闻此皆掉头，有如东风射马耳[14]。

鱼目亦笑我，谓与明月同[15]。

骅骝拳跼不能食[16]，蹇驴得志鸣春风。

折杨黄华合流俗[17]，晋君听琴枉清角[18]。

巴人谁肯和阳春[19]，楚地犹来贱奇璞[20]。

黄金散尽交不成，白首为儒身被轻。

一谈一笑失颜色，苍蝇贝锦喧谤声[21]。

曾参岂是杀人者？谗言三及慈母惊[22]。

与君论心握君手，荣辱于余亦何有[23]？

孔圣犹闻伤凤麟[24]，董龙更是何鸡狗[25]！

一生傲岸苦不谐，恩疏媒劳志多乖[26]。

严陵高揖汉天子[27]，何必长剑拄颐事玉阶[28]。

达亦不足贵[29]，穷亦不足悲[30]。

韩信羞将绛灌比[31]，祢衡耻逐屠沽儿[32]。

君不见李北海[33]，英风豪气今何在！

君不见裴尚书[34]，土坟三尺蒿棘居[35]！

少年早欲五湖去[36]，见此弥将钟鼎疏[37]。

　　这是一首借友朋赠答来倾诉自己怀抱的抒情诗。诗人揭露和批判了黑暗的政治现实，抒发了自己受谗被谤、怀才不遇的愤慨。这首诗以议论式的独白为主，重在揭示内心世界，刻画诗人的自我形象，具有鲜明的个性特点。全诗生动地反映了安史之乱前夕李唐王朝贤愚颠倒、亲佞远贤的黑暗政治现实。此诗主题集中，层次井然，语言极为犀利，比喻异常生动。全诗有着强烈的感情色彩，激情喷涌，一气呵成，具有一种排山倒海的气势，读之使人心潮澎湃。

1　王十二：李白的朋友，排行十二，名字、生平不详。王曾赠李白《寒夜独酌有怀》诗一首，李白因写这首诗来回答他。

2　子猷(yóu)：东晋人王徽之的字。这里是用王徽之雪夜访戴来比喻王十二对自己的怀念。

3　中道：中间。流孤月：形容月亮移动的样子。

4　孤月沧浪：形容月光清凉如水。沧浪，青苍色，这里有清凉的意思。河汉：银河。

5　北斗：北斗星。长庚：星名，古时把黄昏时分出现于西方的金星称为长庚。

6　玉床金井：装饰华丽的井栏。

7　酣畅：饮酒尽欢。

8　狸膏：用狐狸肉炼成的油脂。狸能捕鸡，斗鸡时将狸膏涂在鸡头上，对方的鸡闻到气味就畏惧后退。金距：套在鸡爪上的金属物，使鸡的爪子更锋利。距，鸡爪。

9　坐：因此。令：使。

10　哥舒：即哥舒翰，唐朝大将，突厥族哥舒部人，曾任陇右、河西节度使。

11　夜带刀：当时西北民谣："北斗七星高，哥舒夜带刀。吐蕃总杀尽，更筑两重壕。"

12　西屠石堡：指天宝八载（749）哥舒翰为了立功邀赏，率大军强攻吐蕃的石堡城。紫袍：唐朝三品以上官员所穿的服装。

13　直：通"值"。

14　射：吹。

15　谓：一作"请"。明月：一种名贵的珍珠。

16　骅骝（huá liú）：骏马。拳跼：屈曲。拳，通"蜷"。

17　折杨、黄华(huā)：当时民间流行的两种通俗的曲调。
合：投合。流俗：社会上盛行的风气。

18　枉：徒劳无益的意思。清角：曲调名。传说这种曲调有德
之君才能听，否则会引起灾祸。春秋时晋平公强迫师旷为他
演奏《清角》，结果晋国大旱三年，平公本人也得了病。

19　巴人：即《下里》《巴人》，泛指通俗的曲调。阳春：即《阳
春》《白雪》，泛指高雅的曲调。

20　犹来：从来。犹，通"由"。贱奇璞(pú)：相传春秋时楚人
卞和以玉璞献楚厉王，被认为是石头，砍去了左足。武王继位
后，他再去献璞，又被认为是欺骗而砍去了右足。璞，含玉的
石头。

21　苍蝇：即青蝇，喻进谗言的人。贝锦：有花纹的贝壳，这里
比喻谗言。《诗经·小雅·巷伯》："萋兮斐兮，成是贝锦。彼
谮人者，亦已太甚。"

22　"曾参"二句：据《战国策·秦策》记载，一个与曾参同名
的人杀了人，有人去告诉曾母说："曾参杀了人。"一连告诉了
两次，曾母都不信，直到第三次，她也相信了，便逾墙逃走。曾
参，春秋时鲁国人，孔子的弟子。

23　何有：有什么。

24　凤麟：凤凰、麒麟，古人把它们看作吉祥的征兆。孔子曾
用"凤鸟不至"慨叹自己不被赏识。听说麒麟被人捕获了，他

悲叹不已,认为"吾道穷矣"。

25　董龙:十六国时前秦的右仆射。他巧言善媚,为国君所宠幸。司空王堕,性情刚峻,嫉恶如仇,每次上朝都不与董龙讲话。有人劝他稍稍敷衍,王骂道:"董龙连鸡狗都不如,我怎能同他说话!"后来被董龙所害。这里是借董龙的故事,指斥当时的权奸。

26　恩:这里指君恩。劳:徒劳。志多乖:事与愿违。

27　严陵:即东汉隐士严光,字子陵,是光武帝刘秀的同学。刘秀做皇帝后召见严光,严长揖不拜,不行君臣之礼。

28　长剑拄颐:佩带的长剑几乎要触到下颌。这里借指担任大官。颐,下颌。事玉阶:在皇宫中侍候皇帝。

29　达:指政治上的得意。

30　穷:指政治上的失意。

31　韩信:汉初大将,淮阴(今江苏淮安市)人。楚汉战争期间,曾被封为齐王,汉王朝建立后,改封楚王,后降为淮阴侯。据《史记·淮阴侯列传》记载,韩信降为淮阴侯后,常称病不朝,羞与绛、灌等并列。绛:绛侯周勃,汉初大臣,沛县(今江苏沛县)人。秦末从刘邦起义,以军功为将军,封绛侯。惠帝时任太尉。吕后死,他与陈平等一起诛杀阴谋篡夺政权的吕产、吕禄等人,迎立文帝,任右丞相。灌:灌婴,汉初大臣,睢阳(在今河南商丘市)人。秦末农民战争中归附刘邦,转战各地。刘邦称帝后,任车骑将军,封颍阴侯。后与陈平、周勃共立文帝,任太尉,不久为丞相。

32　祢衡:汉末辞赋家。曹操召为鼓史,欲当众辱衡,反为衡所辱。屠沽儿:杀猪、卖酒的人,是祢衡辱骂当时一些名士的话。

33　李北海:即李邕,见《上李邕》注。

34　裴尚书:即裴敦复,唐玄宗时任刑部尚书,与李邕同时被李林甫杖杀。

35　蒿棘:杂草。

36　五湖去:指春秋时越国大夫范蠡助越王打败吴国,功成身退,泛舟游于五湖的故事。五湖,太湖及其周围的四个湖。

37　弥:更加。钟鼎:鸣钟列鼎而食,形容古代贵族人家的排场,这里指富贵。

桃花开东园（《古风》其四十七）

桃花开东园，含笑夸白日[1]。
偶蒙春风荣，生此艳阳质。
岂无佳人色？但恐花不实[2]。
宛转龙火飞[3]，零落早相失。
讵知南山松[4]，独立自萧飚[5]。

———

　　此诗以桃花与松树喻两种不同品格之人，以松树之有操守自勉。此诗"刺小人之得时也"，诗人认为"荣遇无常，君子思独立也"。这首诗全篇用比兴体，借鲜艳妩媚、华而不实的桃花讽刺那些逢迎拍马、一时得宠、见利忘义、没有操守和真才实学的小人。同时，诗人歌颂不畏风霜、傲然屹立的苍松，以此来隐喻自己蔑视权贵、孤坚耿直的情操。诗末二句为作者自况，即陶公"凝霜殄异类，卓然见高枝"之意。

———

1　夸白日：对着太阳自夸。

2　花不实：开花不结果。

3　宛转：即婉转。这里指星在空中缓慢移动的形态。龙火飞：大火星从南向西移动，指秋天的来临。龙火，星名，即大火星,古人根据大火星位置的移动来判定寒暑的变迁。

4　讵知:岂知。

5　萧飔:树木被秋风吹拂所发出的声音。

秦王扫六合¹（《古风》其三）

秦王扫六合，虎视何雄哉²！
挥剑决浮云³，诸侯尽西来。
明断自天启⁴，大略驾群才⁵。
收兵铸金人⁶，函谷正东开⁷。
铭功会稽岭⁸，骋望琅琊台⁹。
刑徒七十万，起土骊山隈¹⁰。
尚采不死药，茫然使心哀。
连弩射海鱼，长鲸正崔嵬。
额鼻象五岳，扬波喷云雷。
鳍鬣蔽青天，何由睹蓬莱？
徐市载秦女，楼船几时回¹¹？
但见三泉下¹²，金棺葬寒灰¹³。

———

　　此诗欲借秦皇之事，讽刺唐玄宗迷信神仙。其诗气势动
荡开合，艺术效果惊心动魄，堪称独步。全诗大致可分为前后
两段，前十句为一段，后十二句为一段。前段为宾，后段为主，
欲抑先扬，忽翕忽张，最后盖棺定论。前段赞扬了秦始皇的
雄才大略，后段却笔锋陡转，讽刺了秦王的骄奢淫逸和荒唐行
为。末二句为最后的反跌之笔，使秦王形象直落谷底。此诗

虽属咏史，然实则借秦王而喻玄宗。全诗跌宕生姿，既有批判现实的精神又有浪漫主义的激情。

1　秦王：指秦始皇。扫六合：扫平六合，这里指统一中国。六合，天地四方，这里指全国。

2　虎视：威猛的样子。

3　挥剑决浮云：《庄子·说剑》："天子之剑……上决浮云，下绝地纪。此剑一用，匡诸侯，天下服矣。"决，断。

4　明断：英明果断。

5　大略：雄才大略。驾：驾驭。

6　收兵铸金人：据《史记·秦始皇本纪》记载，秦始皇二十六年（前221），没收了天下的兵器，铸成十二个铜人放在咸阳宫内。金，指铜，古代称铜为赤金。

7　函谷：即函谷关，六国未灭时是秦国东部防守的重要关口。秦灭六国后，函谷关的门便向东打开了。

8　会（kuài）稽岭：即会稽山，在今浙江绍兴市。秦始皇三十七年（前210）巡视全国时南登会稽山，曾立碑刻石，铭志秦的功绩。

9　骋望：纵目远望。琅邪台：在今山东胶南市琅邪山上。秦始皇二十八年（前219）东巡时筑琅邪台。

10　"刑徒"二句：秦始皇三十五年（前212），征发刑徒七十余万人,分别在咸阳、临潼修筑阿房宫和骊山墓。骊山,在今陕西西安南。隈,山的弯曲处。

11　"尚采"以下十句:据《史记·秦始皇本纪》记载,秦始皇二十八年,齐人徐市(fú)欺骗秦始皇说:"海中有三座神山,名叫蓬莱、方丈、瀛洲,上面有仙人居住。"于是秦始皇就派徐市带领数千名童男童女入海求仙,采集不死之药。徐市等人入海几年后,回来又欺骗秦始皇说:"海里有条大鲸阻断航道,无法接近蓬莱山。"秦始皇就亲自到海边,在之罘(fú)(今山东烟台市西北)用连弩射死了一条大鲸,但还是没有采到不死之药。崔嵬,高大的样子。鳍鬣(qí liè),鱼脊和鱼颔上的羽状部分。

12　三泉下:三重泉水之下。

13　金棺:铜做的棺材。寒灰:指腐朽的尸骨。

登高丘而望远海

登高丘，望远海。
六鳌骨已霜，三山流安在[1]？
扶桑半摧折[2]，白日沉光彩。
银台金阙如梦中[3]，秦皇汉武空相待[4]。
精卫费木石[5]，鼋鼍无所凭[6]。
君不见骊山茂陵尽灰灭[7]，
牧羊之子来攀登[8]。
盗贼劫宝玉[9]，精灵竟何能[10]？
穷兵黩武今如此，鼎湖飞龙安可乘[11]？

　　此诗作于天宝十载(751)，欲引秦皇、汉武巡海求仙之事以讽唐玄宗之好神仙方术。诗人登高望远海，从而引发一系列的联想，对古时仙山神阁等传说产生了质疑，并通过对秦皇、汉武愚蠢行为的嘲笑，暗讥唐玄宗喜神仙方士之无益。秦皇、汉武之陵墓俱已灰灭，为牧孺盗贼所侵犯，而其精灵不能保护之，可见求仙无益，劝诫唐玄宗有鉴于此，休要再蹈覆辙。全诗浑然一体，想象奇特，语言真挚淳朴，借古讽今，发人深省。

1　"六鳌"二句：传说渤海的东面是无边无底的大海，上面浮着岱舆、员峤、方壶、瀛洲、蓬莱五座神山，山上长有长生不老药。由于仙山常随波流动，上帝命禺彊使十五只鳌把它顶住，免致流失。后来有个龙伯国的巨人，一次就钓去了六只鳌，并把它们杀死，烧灼骨骼，用以占卜。因此，员峤、岱舆两山沉入海中，只剩下其余三山。鳌，传说中海里的大鳖。骨已霜，骨头都已发白了。

2　扶桑：神话中的树木名。传说太阳每天在咸池沐浴后，渐渐升起，升高到扶桑树梢的时候，天即微明。

3　银台金阙：黄金白银建成的亭台宫阙，指神仙居住的地方。

4　"秦皇汉武"句：指秦始皇派遣方士入海求长生不老药，方士一去不返，没有结果；汉武帝迷信神仙，派方士去蓬莱山求见仙人安期生，想取得长生不老药，结果也成为泡影。

5　"精卫"句：炎帝的少女名叫女娃，因在东海游玩淹死，化为精卫鸟，它不停地从西山衔木石，欲填平东海。

6　鼋（yuán）鼍（tuó）：传说周穆王征越国，在九江架鼋鼍为桥渡江。鼋，大鳖。鼍，鼍龙，俗称猪婆龙，鳄鱼的一种。

7　骊山：在今陕西西安南，秦始皇的陵墓筑在此山中。茂陵：汉武帝刘彻的陵墓，在今陕西兴平市东北。

8　"牧羊之子"句：据《汉书·刘向传》记载，牧童在骊山牧羊，有一只羊进入山洞中，牧童用火照明，到洞里去寻羊，以致引起一场大火，把秦始皇的外棺烧掉了。

9　盗贼：作者沿用统治者对农民起义军的诬称。

10　精灵：指秦皇、汉武的神灵。

11　鼎湖飞龙：据《史记·封禅书》记载，黄帝曾在荆山下铸鼎，铸成后，乘龙上天，成为仙人。其地被称为鼎湖。

羽檄如流星 [1]（《古风》其三十四）

羽檄如流星，虎符合专城[2]。
喧呼救边急，群鸟皆夜鸣。
白日曜紫微[3]，三公运权衡。
天地皆得一[4]，澹然四海清。
借问此何为？答言楚征兵[5]。
渡泸及五月[6]，将赴云南征。
怯卒非战士[7]，炎方难远行[8]。
长号别严亲[9]，日月惨光晶。
泣尽继以血，心摧两无声[10]。
困兽当猛虎，穷鱼饵奔鲸[11]。
千去不一回，投躯岂全生？
如何舞干戚[12]，一使有苗平[13]？

——

此诗描写了征讨南诏之事。开头四句作者没有直入主题，而是截取了一幅惊心动魄的紧急军事行动场面，以夸张的笔墨，渲染出一种紧迫的气氛，将本事留到下面再补叙，这样的结构巧妙地避开了平铺直叙的写法，使诗起得警动有势。接着诗人以充满夸饰的色彩、形象鲜明的比喻，把朝廷驱民于虎口的惨象写得触目惊心，是对统治者穷兵黩武的血泪批判与控诉。末二句诗人用舜的典故，揭示全诗主题，构思巧妙，呼应前文。

1　羽檄：我国古代征调军队的文书，上插羽毛，表示紧急。

2　虎符：兵符。合：验合。专城：古时用以称州郡的最高长官。

3　白日：比喻帝王。

4　天地皆得一：《老子·第三十九章》："天得一以清，地得一以宁。"意指天下太平。

5　楚征兵：即征楚兵，征讨南方的军队。楚，泛指南方。

6　泸：泸水，指今雅砻江下游和金沙江汇合后的一段。及：这里作"趁"解。相传泸水一带瘴气很多，三、四月间尤其厉害，人接触到容易死亡，所以一般选择在五月以后渡江。

7　怯卒：身体衰弱、战斗力不强的士兵。

8　炎方：气候炎热的地方，这里指南诏。

9　长号：大声痛哭。严亲：古时称父亲为严亲，这里指父母双亲。

10　两：指被征者和送行者。

11　饵：鱼食，这里作动词"喂"解。奔鲸：凶猛的鲸。

12　干：盾牌。戚：大斧。

13　有苗：古代部族名。传说有苗不服舜，禹建议用武力去征

服他们，舜不同意。后来舜用了三年时间，努力改革政治，加
强军事训练，举行了一次操舞盾牌、大斧的演习，有苗族就归
服了。

出自蓟北门行[1]

虏阵横北荒，胡星曜精芒[2]。
羽书速惊电[3]，烽火昼连光。
虎竹救边急[4]，戎车森已行。
明主不安席，按剑心飞扬。
推毂出猛将[5]，连旗登战场。
兵威冲绝幕[6]，杀气凌穹苍。
列卒赤山下[7]，开营紫塞旁[8]。
孟冬风沙紧[9]，旌旗飒凋伤[10]。
画角悲海月[11]，征衣卷天霜。
挥刃斩楼兰，弯弓射贤王[12]。
单于一平荡[13]，种落自奔亡[14]。
收功报天子，行歌归咸阳。

　　天宝十一载（752），李白北游幽蓟时深有实感而作此诗。此篇写塞垣征战之事，泛言燕蓟风物及征战辛苦，兼抒立功报国之情。此诗借古题写时事，具有鲜明的时代精神。李白以当时胡虏之事为题，以小说般的叙事结构，勾绘了一幅生动的画卷：胡人桀骜，横侵塞北，北征之将帅平荡单于，擒其君长，使其种落奔散，凯旋咸阳，使朝廷永无北顾之虞。此诗在歌颂反击匈奴侵扰战争的同时,也描绘了远征将士的艰苦生活,"画角"二句极妙,愁语亦壮。

1　出自蓟北门行:乐府"都邑曲"调名,内容多写行军征战之事。

2　胡星:指旄头星。古人认为旄头星是胡星,当它特别明亮时,就会有战争发生。精芒:星的光芒。

3　羽书:同"羽檄",这里指告急的文书。

4　虎竹:泛指古代发给将帅的兵符。

5　推毂:相传是古代一种仪式,大将出征时,君王要为他推车,并郑重地嘱咐一番,授之以指挥作战的全权。毂,车轮。

6　绝幕:极远的沙漠。幕,通"漠"。

7　列卒:布阵。赤山:山名,在辽东(今辽宁西部)。

8　开营:设营,扎营。紫塞:指长城。因城土紫色,故名。

9　孟冬:初冬。

10　飒(sà):飒飒,风声。

11　画角:古乐器。本细末大,用竹木或皮革制成,外加彩绘,军中用以报告昏晓。

12　贤王:匈奴的官名,有左贤王、右贤王之分,地位仅次于单于。这里指敌军的高级将领。

13　单于:匈奴的首领。平荡:荡平。

14　种落:种族,部落。这里指匈奴所属的部落。

行行且游猎篇¹

边城儿，生年不读一字书，
但知游猎夸轻趫²。
胡马秋肥宜白草³，骑来蹋影何矜骄⁴。
金鞭拂雪挥鸣鞘⁵，半酣呼鹰出远郊⁶。
弓弯满月不虚发⁷，双鸧迸落连飞髇⁸。
海边观者皆辟易⁹，猛气英风振沙碛¹⁰。
儒生不及游侠人¹¹，白首下帷复何益¹²！

　　本篇借古题而言时事，乃天宝十一载（752）太白北游幽、燕时目睹边城儿游猎，有感而作。此诗前九句为一段，后四句为一段。前段言边城儿虽不务读书，但精于游猎，射则必中，中必叠双，射艺之精有如此者。后段则说边城儿善于游猎至此，夷狄见之亦当畏避。游侠之人虽不识字但意气扬扬，回望己身，那些白首苦读的儒生与他们相比又有什么好处呢？本诗节奏轻快，绝不粘手，在塑造了边城儿骁勇矫健形象的同时，也饱含了作者对儒生即自身命运的感叹。

1　行行且游猎篇：属乐府征戍十五曲中的"校猎曲"，一般写帝王游猎的事情。这里借以赞扬边城儿的矫健。

2　轻趫（qiáo）：轻捷。

3　白草：牛马喜欢吃的一种牧草，熟时呈白色。

4　蹑影：追踪日影。这里形容快速。矜骄：骄傲。这里形容
洋洋自得的样子。

5　鞘：鞭梢。

6　半酣：半醉。呼鹰：用驯服了的鹰猎取野物，意指打猎。

7　弓弯满月：把弓拉到像圆月的形状。

8　鸧（cāng）：鸧鸹，即灰鹤。髇（xiāo）：骨制的响箭。这句
形容箭术高超，一箭射落双鸟。

9　海：瀚海，即沙漠。辟易：倒退，这里指观者惊奇，不由自主
地后退。

10　沙碛（qì）：沙漠。

11　游侠人：这里指边城儿。

12　下帷：放下帷幕。这里以"下帷"作闭门读书的代辞。

北风行¹

烛龙栖寒门²，光耀犹旦开。

日月照之何不及此³，唯有北风号怒天上来。

燕山雪花大如席，片片吹落轩辕台⁴。

幽州思妇十二月，停歌罢笑双蛾摧⁵。

倚门望行人，念君长城苦寒良可哀⁶。

别时提剑救边去，遗此虎文金鞞靫⁷。

中有一双白羽箭，蜘蛛结网生尘埃。

箭空在，人今战死不复回。

不忍见此物，焚之已成灰。

黄河捧土尚可塞，北风雨雪恨难裁⁸。

　　天宝十一载（752）李白游幽州时作此诗。通过描写一个北方妇女对丈夫战死的悲愤心情，揭露和抨击了安禄山在北方制造民族纠纷，挑起战火的罪行。此诗信笔挥洒，妙语惊人，自然流畅，不露斧凿痕迹。五、六句不单写景，而且寓情于景，意境十分壮阔，气象极其雄浑，想象飞腾，精妙绝伦，是千古传诵的佳句。这首诗成功地运用了夸张的手法，绝不可能有的事物因为作者的情之所至而变得可以理解，使诗歌更具艺术感染力，"出鬼入神，惝恍莫测"。

1　北风行：乐府"时景曲"调名，内容多写北风雨雪、行人不归的伤感之情。

2　烛龙：我国古代神话传说中的龙。人面龙身而无足，居住在不见太阳的极北的寒门，睁眼为昼，闭眼为夜。

3　此：指幽州，治所在今北京大兴区。

4　轩辕台：纪念黄帝的建筑物，故址在今河北怀来县乔山上。

5　双蛾摧：双眉紧锁，形容悲伤、愁闷的样子。

6　长城：古诗中常借以泛指北方前线。良：实在。

7　虎文鞞靫：绘有虎纹图案的箭袋。鞞靫，当作韔靫。

8　北风雨雪：这是化用《诗经·邶风·北风》中的"北风其凉，雨雪其雱"句意，原意是指国家危乱将至，气象愁惨，这里借以衬托思妇悲惨的遭遇和凄凉的心情。裁：消除。

古朗月行[1]

小时不识月，呼作白玉盘。
又疑瑶台镜[2]，飞在青云端。
仙人垂两足，桂树何团团[3]？
白兔捣药成[4]，问言与谁餐？
蟾蜍蚀圆影[5]，大明夜已残。
羿昔落九乌，天人清且安[6]。
阴精此沦惑[7]，去去不足观[8]。
忧来其如何？凄怆摧心肝[9]。

　　此诗是李白针对当时的朝政黑暗而发。唐玄宗晚年沉湎声色，亲佞远贤，宠幸杨贵妃，导致时政昏暗。诗人有感而发却不直言，通篇作隐语，化现实为幻景，以蟾食月影射现实，深婉曲折。诗中文辞如行云流水，发人深省，充分体现出李白诗歌雄奇奔放、清新俊逸的风格。此诗用比拟的手法，通过丰富的想象和对神话传说的精妙加工，以及诗人强烈的情感，构成了瑰丽神奇又寓意深刻的艺术形象，对君王沉迷声色、朝廷腐败，表达了深刻的忧虑。

1　古朗月行：乐府"时景曲"调名。

2　瑶台：神话传说中仙人居住的地方。

3　仙人、桂树：传说月亮中有仙人和桂树,当月亮初生时,最先看到仙人的双足,后来出现了桂树,直到月亮全圆,才能看到仙人和桂树的全形。团团：圆的样子。

4　白兔捣药：传说月亮中有白兔,不停歇地捣着仙药。

5　蟾蜍：蛤蟆。传说月中有只蟾蜍不断地啮食月亮,造成月食。

6　"羿昔"二句：传说帝尧时代天上有十个太阳,每个太阳里有一只三只脚的乌鸦,晒得大地如火。尧命后羿射日,一下子射落了九个太阳,留下一个太阳照明,从此人间才得到清明和安宁。羿,即后羿,神话中善射的英雄。乌,指太阳。

7　阴精：指月亮。沦：没。

8　去去：速去。

9　凄怆：凄凉悲伤。摧心肝：心肝迸裂,形容忧愤到极点。

哭晁卿衡 [1]

日本晁卿辞帝都 [2]，征帆一片绕蓬壶 [3]。
明月不归沉碧海，白云愁色满苍梧 [4]。

天宝十二载(753)，误传晁衡在回国途中遇难，李白闻之异常悲痛，写了这首诗。一"哭"字，生动表达了诗人失去好友的悲痛和两人之间超越国籍的真挚情感，使整首诗都笼罩着一种哀婉沉痛的气氛。首句用赋的手法，开头即点明人和事。二句紧承上句，凭借想象，揣度晁衡在大海中航行的情景。末二句诗人用比兴的手法，对晁衡作了高度评价，表达了自己的无限思念之情。李白此诗含蓄、丰富而不落俗套，借景物以抒哀情，自然而又潇洒。

1　晁卿衡：即晁衡，原名阿倍仲麻吕，《旧唐书》作仲满，后改姓名为朝衡。"晁"通"朝"。唐开元五年(日本灵龟三年，717)，晁衡来我国求学，卒业后长期留居中国，历任司经局校书、左拾遗、左补阙、左散骑常侍、安南都护等职。天宝十二载，任秘书监兼卫尉卿时，曾以唐朝使者的身份随日本访华的使者藤原清河等人分乘四船回国，不幸在琉球附近遇风暴，与其他船只失去联系，当时误传晁衡遇难，其实他漂流到越南一带,后来在天宝十四载(755)又辗转回到长安。卿,这里是对晁衡的尊称。

2　帝都:指唐朝都城长安。

3　蓬壶:即蓬莱。这句是指晁衡在东海中航行。

4　白云:传说有白云出苍梧,入于大梁。苍梧:这里指郁林山(即今连云港之云台山,已不在海中)。

远别离 [1]

远别离，古有皇英之二女[2]。

乃在洞庭之南，潇湘之浦[3]。

海水直下万里深，谁人不言此离苦？

日惨惨兮云冥冥[4]，猩猩啼烟兮鬼啸雨。

我纵言之将何补？

皇穹窃恐不照余之忠诚[5]，雷凭凭兮欲吼怒[6]，

尧舜当之亦禅禹[7]。

君失臣兮龙为鱼，权归臣兮鼠变虎。

或云尧幽囚[8]，舜野死[9]。

九嶷联绵皆相似[10]，重瞳孤坟竟何是[11]？

帝子泣兮绿云间[12]，随风波兮去无还。

恸哭兮远望，见苍梧之深山。

苍梧山崩湘水绝，竹上之泪乃可灭。

天宝年间，唐玄宗荒废政事，李白有感于斯而作此诗。诗中先写娥皇、女英与舜死别的古老故事，再以"我纵言之"将古老传说化为现实意指。后半又写尧幽囚、舜野死，暗喻人君失权的悲惨结局。最后诗人回到二妃之哭，言其恨如湘水，永无涸绝之期，实则寄托自身对时政的忧虑之深。全诗以叙

述二妃之苦开始,以二妃痛哭远望而告终,让悲剧故事笼括全篇,确保了艺术上的完整性。诗人运用楚骚体式,在显隐断续的表达中构成惝恍迷离的艺术境界。

1　远别离:乐府别离十九曲之一,多写悲伤离别之事。

2　皇英:指娥皇、女英,相传是尧的女儿,舜的妃子。舜南巡,两妃随行,溺死于湘江,世称湘夫人。她们的神魂游于洞庭之南,出没于潇湘之滨。

3　潇湘:湘水中游与潇水合流处。这里作湘江的别称。

4　惨惨:暗淡无光。冥冥:阴晦的样子。

5　皇穹:天。这里喻指唐玄宗。窃恐:私自以为。照:明察。

6　雷凭凭:形容雷声响而又接连不断。凭凭,盛大的意思。

7　禅:禅让,以帝位让人。

8　尧幽囚:传说尧因德衰,曾被舜关押,父子不得相见。幽囚,囚禁。

9　舜野死:传说舜巡视时死在苍梧之野。

10　九嶷:即苍梧山,在今湖南宁远县南。因九座山峰联绵相似,不易辨别,故又称九嶷山。相传舜死后葬于此地。

11　重瞳:指舜。相传舜的两眼各有两个瞳仁。

12　帝子:指娥皇、女英。传说舜死后,二妃相与恸哭,泪下沾竹,竹上呈现出斑纹。

书情赠蔡舍人雄[1]

尝高谢太傅[2]，携妓东山门[3]。

楚舞醉碧云，吴歌断清猿。

暂因苍生起，谈笑安黎元[4]。

余亦爱此人，丹霄冀飞翻[5]。

遭逢圣明主，敢进兴亡言。

蛾眉积谗妒，鱼目嗤玙璠。

白璧竟何辜[6]？青蝇遂成冤。

一朝去京国[7]，十载客梁园。

猛犬吠九关[8]，杀人愤精魂[9]。

皇穹雪冤枉[10]，白日开昏氛[11]。

太阶得夔龙[12]，桃李满中原[13]。

倒海索明月[14]，凌山采芳荪。

愧无横草功[15]，虚负雨露恩[16]。

迹谢云台阁[17]，心随天马辕[18]。

夫子王佐才[19]，而今复谁论？

层飙振六翮[20]，不日思腾骞[21]。

我纵五湖棹，烟涛恣崩奔[22]。

梦钓子陵湍[23]，英风缅犹存[24]。

徒希客星隐[25]，弱植不足援[26]。

千里一回首，万里一长歌。

黄鹤不复来，清风奈愁何！

舟浮潇湘月²⁷，山倒洞庭波。

投汨笑古人²⁸，临濠得天和²⁹。

闲时田亩中，搔背牧鸡鹅。

别离解相访³⁰，应在武陵多³¹。

——　本篇是李白被谗出京后所作的咏怀诗。诗人以谢安自比，回忆自己于天宝初年怀着济苍生、安黎庶的壮志来到长安，本以为可以成就一番事业，怎料却遭到了奸佞权贵的谗谤，只得郁郁离开京城。诗人虽遭放还，仍望"天子圣明，回光垂照，得雪其枉"，为国尽忠之心仍旧没有破灭。诗末作者提出欲纵棹远游，隐居桃源，如庄子般"怡然自适其天和"，可见其心态之通达。李白于此诗中敢于毫不掩饰地暴露黑暗，抨击权贵，实为难能可贵。

——　1　蔡舍人雄：即舍人蔡雄，李白的朋友，生平不详。舍人，官名，唐代撰拟诰敕的官员。

2　高：推崇。谢太傅：即东晋人谢安，他死后被追赠为太傅。

3　携妓东山：谢安隐居东山时，常携歌妓出游。

4　谈笑：形容从容不迫的样子。黎元：指百姓。

5　丹霄冀飞翻：希望在天空中自由飞翔。这里指希望在政治上有所作为。丹霄，天空。

6　白璧：美玉，李白自比。何辜：何罪。

7　京国：京城，指长安。

8　猛犬：比喻权奸。九关：九重门，借指朝廷。

9　精魂：精神魂魄。

10　皇穹：犹皇天，上天的意思。

11　昏氛：昏暗的气氛。

12　太阶：星名，又称三台星。古时常用以代指朝廷中的三公。夔、龙：相传是虞舜时的两位贤臣。

13　桃李：这里指有才能的人。

14　索：探取。明月：明月珠，珍珠中最名贵的一种。

15　横草：踏草使横陈于地，比喻极轻微的事情。

16　雨露恩：指皇帝的恩惠。

17　迹：行踪。谢：辞别。云台阁：汉代陈列功臣画像的地方。这里借指朝廷。

18　天马：皇帝乘坐的马。辕：车前驾牲口的部分。

19　夫子：对蔡雄的尊称。王佐才：辅佐皇帝建功立业的非凡才能。

20　层飙：高空中的大风。六翮：鸟翅中六根强劲有力的翎管。这里指翅膀。

21　鶱(xiān)：鸟飞的样子。

22　烟涛：指湖上的雾气。崩奔：形容波涛汹涌。

23　子陵湍：指严陵濑，严光的垂钓处，在今浙江桐庐县南，富
　　春江之滨。

24　英风：英俊的风姿。缅：久远的样子。

25　客星：据《后汉书·严光传》记载，汉光武帝刘秀与严子
　　陵夜间共宿，严子陵的一只脚搁在光武帝的腹上。第二天太
　　史奏称："客星犯帝座甚急。"刘秀笑道："这是因为我与老朋友
　　同眠的缘故。"

26　弱植：柔弱而无自立之志，这里比喻庸弱的君王。

27　潇湘：这里指湘江。

28　投汨：指屈原投汨罗江。

29　临濠：据《庄子·秋水》记载，庄周与惠子游于濠水的桥
　　上，庄周说："鯈鱼出游从容，是鱼之乐也。"惠子问："子非鱼，
　　安知鱼之乐？"庄周回答："子非我，安知我不知鱼之乐？"临，
　　从高处往低处看。濠，水名，在今安徽凤阳县内。天和：自然
　　的和气。

30　解：能。

31　武陵：借指隐居之地。

山中答俗人问

问余何意栖碧山¹，笑而不答心自闲。
桃花流水窅然去²，别有天地非人间。

　　李白曾隐居碧山读书，这首诗用问答形式来抒发当时的情意，清新自然。此诗首句起得突兀，后句接得迷离。诗以提问的形式领起，突出主题，引起读者的注意，然后作者笔锋轻转，笑而不答。"笑"字极妙，不仅表现出诗人喜悦而矜持的神态，更渲染出轻松愉悦的气氛。后二句实写碧山之景，其实也是前面问题的答案。这种"不答"而答，似断实连的结构，赋予了全诗深浓的韵味。此诗转接轻灵，活泼流利，用笔有实有虚，蕴意幽邃，极富情韵。

1　碧山：在今湖北安陆市。山下有李白读书处。
2　窅（yǎo）然：深远的样子。

山中与幽人对酌 [1]

两人对酌山花开，一杯一杯复一杯。
我醉欲眠卿且去[2]，明朝有意抱琴来。

　　此诗为李白与友人小酌时兴会淋漓之作，真实生动地反映了李白豪放率真的性格。全诗开篇就写两人对酌时的情景，盛放的山花使环境更显幽美。次句连用三个"一杯"，不但写饮酒之多，而且极写快意。诗人醉后打发朋友先走，话语直率，却活画出饮者酒酣耳热的情态，也表现出二人的亲密无间。末句诗人余兴未消，邀友人明朝再来。此诗不就声律又词气飞扬，将快意表现得淋漓尽致。语言在口语化的同时隽永有味，令人神往。

1　幽人：指在山中隐居的人。对酌：相对饮酒。
2　我醉欲眠：晋人陶潜对来访的客人，不分贵贱，都设酒招待。陶潜先醉就对客说："我醉欲眠，卿可去。"卿：即"你"，是古代对熟悉朋友的称呼。诗人化用陶潜句意，表示与这位对酌的友人亲密无间，毫无拘束，浪漫中带着写实意味。

宣州谢朓楼饯别校书叔云[1]

弃我去者昨日之日不可留，
乱我心者今日之日多烦忧。
长风万里送秋雁，对此可以酣高楼[2]。
蓬莱文章建安骨[3]，中间小谢又清发[4]。
俱怀逸兴壮思飞[5]，欲上青天览明月[6]。
抽刀断水水更流，举杯消愁愁更愁。
人生在世不称意[7]，明朝散发弄扁舟[8]。

　　此诗是天宝十二载（753）秋李白在宣城陪李云登谢朓楼时的感时伤怀之作。全诗起二句破空而来，如天马行空，神龙出海，妙绝千古。首四句极醒快，志气高邈，雄情逸调，高莫可攀。迭起的思想感情和腾挪跌宕的艺术结构在这首诗中被完美地结合在一起。全诗开头即起波澜，揭示诗人郁积已久的精神苦闷，紧接着却撇开"烦忧"，放眼万里秋空，直起直落，大开大合，不留转承痕迹，直起下文。这种无端起落、断续无迹的结构，极好地表现出诗人瞬息万变的情感。全诗如泣如诉，韵味深长。音调激越高昂，语言豪放自然，具有强烈的艺术感染力。

1　宣州：今安徽宣城市一带。谢朓楼：又名北楼、谢公楼，在
陵阳山顶上，谢朓任宣城太守时所建。校书：官名，即校书郎，
掌管朝廷的图书整理工作。叔云：指李白的族叔李云。

2　酣高楼：畅饮于高楼。

3　蓬莱：传说是仙人收藏典籍的地方，东汉学者也称藏书的
东观为道家蓬莱山。这里指在朝廷中做校书工作的李云。建
安骨：建安年间，曹操父子和建安七子等人所倡导的刚健遒劲
的文风，后人称为"建安风骨"。建安，东汉献帝刘协的年号。

4　小谢：指谢朓。后人将他和谢灵运并举，故称。他以山水
风景诗见长，是李白所敬重的诗人之一。清发：清秀。这句喻
指自己的诗歌像小谢一样清秀自然。

5　逸兴：超逸的兴致。

6　览：通"揽"，摘取。

7　不称意：不如意。

8　散发：任意松散头发，表示归隐。弄扁舟：指范蠡泛游五湖
的故事。扁舟，小船。

游敬亭寄崔侍御 [1]

我家敬亭下，辄继谢公作[2]。
相去数百年，风期宛如昨[3]。
登高素秋月[4]，下望青山郭。
俯视鸳鹭群[5]，饮啄自鸣跃。
夫子虽蹭蹬[6]，瑶台雪中鹤。
独立窥浮云[7]，其心在寥廓[8]。
时来一顾我，笑饭葵与藿[9]。
世路如秋风，相逢尽萧索。
腰间玉具剑[10]，意许无遗诺[11]。
壮士不可轻[12]，相期在云阁[13]。

　　天宝十二载（753）秋，李白游宣城时作此诗。诗中对崔侍御耿介傲岸的品格表示了赞许，并提出"壮士不可轻"，与崔侍御互勉。此诗虽层次重叠，但由于诗人的巧妙安排，给人以一气贯通的感觉。诗人提出，虽然崔侍御在政治上不得意，但心性高洁傲岸，与我相契。二人郁郁不得志，但全诗却始终贯穿着昂扬的精神状态。诗末典故道明了诗人与崔侍御之间死生不渝的友情，又表明诗人重义轻财的品格。此诗"每从萧索后得豪"，语言真挚淳朴、自然天成。

1　敬亭：山名，又名昭亭山、查山，在今安徽宣城市北。崔侍御：即崔成甫，李白的好友，曾任校书郎、摄监察御史，后因事被贬职到湘阴(今湖南湘阴县)。

2　辄：即，就。谢公：指谢朓。谢朓任宣城太守时，曾在敬亭山上游览赋诗。

3　风期：风度。

4　素秋：即清秋。

5　鸳鹭：即鹓鹭。因鹓与鹭飞行有序，故以喻百官朝见时秩序井然，也指朝官。

6　夫子：对崔成甫的尊称。蹭蹬：路途艰阻难行的样子。这里比喻失意、潦倒。

7　浮云：喻指权贵。

8　寥廓：空阔。这里指高空。

9　葵与藿：这里指较粗糙的食物。葵，冬葵，我国古代一种蔬菜。藿，豆叶。

10　玉具剑：又名櫑(léi)具剑，是一种在剑柄顶端装有辘轳形玉饰的剑。这里指名贵的宝剑。

11　意许：心中默许。无遗诺：不遗忘已许的诺言。相传春秋时吴公子季札奉命出访晋国，途经徐国，徐君喜欢季札的宝剑，想要而不敢明言。季札从晋国回来再经徐国时，徐君已死。季札解剑送给徐国的嗣君，他的随从说："这剑是吴国之宝,不能随便送人。"季札对他们说:"当初徐君想要此剑而未明言,我因使命在身,没有奉献,但已心许了。今徐君已死,我如果爱剑而不献,那就是欺心。"徐国的嗣君也不肯接受。季札就把剑挂在徐君墓地的树上。

12　轻:轻视。

13　相期:互相期望。云阁:即云台,东汉时陈列功臣画像的地方。这里指朝廷。

秋登宣城谢朓北楼[1]

江城如画里[2]，山晓望晴空。
两水夹明镜[3]，双桥落彩虹[4]。
人烟寒橘柚[5]，秋色老梧桐。
谁念北楼上，临风怀谢公？

　　天宝十二载(753)，李白由梁园南下，秋至宣城，作此诗怀念谢朓。诗人对北楼周围秀丽优美的山水风光做了生动细致的描绘，令人神往。在欣赏山水的同时，诗人又由景思人，抒发了对北楼建造者谢朓的怀念之情。此诗优美清新，自然天成，充满诗情画意。中四句妙极，写景如入画中。所谓开篇"江城如画里"者，正是此四句。前六句皆楼中所见，后二句转怀谢公。此诗"入画品中，极平淡，极绚烂"，"全诗题外不溢一字，而感慨无穷，逸思横出"。

1　宣城：今安徽宣城市。谢朓北楼：即谢朓楼。
2　江城：指宣城。因在水阳江西岸，故称。
3　两水：指宣城东郊的宛溪和句溪。
4　双桥：指宛溪上的凤凰、济川两桥。
5　人烟：炊烟。橘：十月下旬至十一月为成熟期。柚：俗名文旦，秋末成熟。

独坐敬亭山

众鸟高飞尽，孤云独去闲[1]。
相看两不厌，只有敬亭山。

　　此诗作于天宝十二载（753）秋李白游宣州时，通过对敬
亭山的吟咏，抒发了诗人对黑暗现实的不满，表达了诗人倔
强、孤傲、清高的个性，也暗示了诗人遭受排挤和谗谤的苦闷
只有在大自然中才能得到安慰和解脱。这首诗在艺术上含蓄
蕴藉，耐人寻味，诗中无一句说自己备受孤立，却处处委婉暗
示。诗人用拟想的方式将敬亭山拟人化，让抒情客体化被动
为主动。山越"有情"，人越"无情"，诗人寂寞凄凉的处境，就
在这对比中不言自现。

1　闲：悠闲。

送王屋山人魏万还王屋 并序[1]

王屋山人魏万云：自嵩、宋沿吴相访[2]，数千里不遇。乘兴游台、越[3]，经永嘉[4]，观谢公石门[5]，后于广陵相见。美其爱文好古[6]，浪迹方外[7]，因述其行而赠是诗。

仙人东方生[8]，浩荡弄云海。
沛然乘天游，独往失所在。
魏侯继大名[9]，本家聊摄城[10]。
卷舒入元化[11]，迹与古贤并。
十三弄文史，挥笔如振绮[12]。
辩折田巴生[13]，心齐鲁连子[14]。
西涉清洛源[15]，颇惊人世喧。
采秀卧王屋[16]，因窥洞天门[17]。
竭来游嵩峰[18]，羽客何双双[19]？
朝携月光子[20]，暮宿玉女窗[21]。
鬼谷上窈窕[22]，龙潭下奔潈[23]。
东浮汴河水[24]，访我三千里。
逸兴满吴云，飘飖浙江汜[25]。
挥手杭越间[26]，樟亭望潮还[27]。
涛卷海门石[28]，云横天际山。

白马走素车，雷奔骇心颜。
遥闻会稽美，且度耶溪水[29]。
万壑与千岩[30]，峥嵘镜湖里。
秀色不可名[31]，清辉满江城[32]。
人游月边去，舟在空中行。
此中久延仁[33]，入剡寻王许[34]。
笑读曹娥碑[35]，沉吟黄绢语[36]。
天台连四明[37]，日入向国清[38]。
五峰转月色[39]，百里行松声。
灵溪咨沿越[40]，华顶殊超忽[41]。
石梁横青天[42]，侧足履半月。
眷然思永嘉[43]，不惮海路赊[44]。
挂席历海峤[45]，回瞻赤城霞。
赤城渐微没，孤屿前峣兀[46]。
水续万古流，亭空千霜月。
缙云川谷难[47]，石门最可观。
瀑布挂北斗，莫穷此水端。
喷壁洒素雪，空濛生昼寒。
却思恶溪去[48]，宁惧恶溪恶。
咆哮七十滩[49]，水石相喷薄[50]。
路创李北海[51]，岩开谢康乐[52]。

松风和猿声，搜索连洞壑[53]。

径出梅花桥[54]，双溪纳归潮[55]。

落帆金华岸，赤松若可招[56]。

沈约八咏楼[57]，城西孤峣嵽[58]。

峣嵽四荒外，旷望群川会[59]。

云卷天地开，波连浙西大[60]。

乱流新安口[61]，北指严光濑[62]。

钓台碧云中[63]，邈与苍岭对[64]。

稍稍来吴都[65]，徘徊上姑苏[66]。

烟绵横九疑[67]，漭荡见五湖[68]。

目极心更远，悲歌但长吁。

回桡楚江滨[69]，挥策扬子津[70]。

身着日本裘[71]，昂藏出风尘[72]。

五月造我语[73]，知非佁儗人[74]。

相逢乐无限，水石日在眼[75]。

徒干五诸侯[76]，不致百金产。

我友扬子云[77]，弦歌播清芬。

虽为江宁宰，好与山公群[78]。

乘兴但一行，且知我爱君。

君来几何时？仙台应有期[79]。

东窗绿玉树[80]，定长三五枝。

至今天坛人⁸¹，当笑尔归迟。
我苦惜远别⁸²，茫然使心悲。
黄河若不断，白首长相思。

　　此诗为一篇纪游文。魏万为了拜会李白，千里相访。诗中历叙魏万由汴河而浙江、楚江，水行三千里来寻访自己的情况，同时对江浙一带雄伟奇丽的山水进行了生动的描写。全篇"熔炼干净，挨路顺去，若出无意，然却自然细腻。大势节奏亦好，繁简得宜"。纪地写景，可谓是王屋山人的一篇游记。全诗"健笔凌云，光焰万丈"，不仅是江南水国的风景画，也是整个浙江水道的示意图。诗中大量运用散行单句，语言平易上口，层次井然，一气呵成。

1　王屋：山名，在今山西阳城县西南，接河南济源市。魏万：后改名颢（hào），唐代诗人。隐居王屋山，因自号王屋山人。曾为李白编辑第一部诗集《李翰林集》，并作序。
2　嵩：嵩州，今河南登封市一带。宋：宋州，今河南商丘市一带。吴：泛指今江苏、浙江一带。
3　台：台州，今浙江临海市一带。越：越州，今浙江绍兴市一带。
4　永嘉：郡名，今浙江温州市一带。

5　谢公:指南朝宋诗人谢灵运,曾任永嘉太守。石门:永嘉名山,谢灵运曾在此游览咏诗。

6　美:赞许。

7　浪迹:指到处漫游。方外:世外。这里指世俗礼教之外。

8　东方生:即东方朔,西汉人,古书上有很多关于他的神异传说。

9　魏侯继大名:《左传·闵公元年》记载,春秋时晋献公灭魏后,把魏地赐给大臣毕万,毕万受封后遂为魏氏。当时有人认为魏是"大名"(魏,通"巍",高大的意思),万是"盈数",毕万的后代一定昌大。这里指魏万是毕万之后,并祝愿他能继承前人,取得辉煌的成就。

10　本家:祖籍。聊:聊城,在今山东聊城市西北。摄:摄城,在今山东博平镇西。两地相连,古代为齐国的西界,称为聊摄。

11　卷:曲。舒:展。古人常以卷舒指人的退进出处。元化:犹造化,指自然的发展变化。

12　绮:有花纹的丝织品。这里比喻华丽的文采。

13　折:折服,驳倒。田巴:齐国的辩士。

14　鲁连子:即鲁仲连。据《太平御览》记载,鲁仲连十二岁时,曾折服了齐国著名辩士田巴。

15　清洛:即洛水,源出于陕西洛南县冢岭山,东流经河南入黄河。

16　秀：指三秀，即灵芝草。卧：这里指隐居。

17　洞天门：古代传说王屋山有仙宫洞天，名"小有清虚洞天"。又，道家谓洞天系真仙所居。

18　朅（qiè）来：尔来。

19　羽客：道士的别称。双双：形容人数众多。

20　月光子：又叫月光童子。传说嵩高山有大室，其中有十六个仙人，月光童子是其中之一。

21　玉女窗：传说嵩山上有玉女窗，汉武帝曾从窗中窥见天上玉女。

22　鬼谷：在今河南登封市东南。相传战国时鬼谷子曾住在这里。窈窕：山川深远曲折的样子。

23　龙潭：即九龙潭，在今河南登封市东。潨（cóng）：众水汇集处。

24　汴河：发源于河南荥阳，经商丘向东南流。

25　飘飖（yáo）：漫游之意。浙江氾：指钱塘江畔。氾，通"滨"，水边。

26　杭、越：今浙江省的杭州、绍兴一带。

27　樟亭：地名，在今杭州市南面。

28　海门：钱塘江夹岸有两山，南山叫龛（kān），北山叫赭（zhě），两山对峙，波涛汹涌，称为海门。

29　耶溪：即若耶溪，在今浙江绍兴市。

30　万壑、千岩：形容山峰重叠。

31　不可名：不能形容。

32　清辉：清凉的月光。江城：指会稽。

33　延伫：本指较长时间的站立，这里指较长时间的停留。

34　王：指王羲之。许：指许询（一说许迈），东晋名士。两人都曾在剡中居住过。这里泛指隐居此地的高士。

35　曹娥碑：曹娥，东汉人，父落水淹死，她也投身水中，被称为孝女。当时的文士邯郸淳曾写碑文纪念她，即流传到后代的曹娥碑。

36　黄绢语：东汉文学家蔡邕读曹娥碑后，在碑的背面题"黄绢幼妇，外孙齑（jī）臼"八字。这是一则隐语，每两个字里暗含一个字：黄绢是有色的丝，隐喻"绝"字；幼妇即少女，隐喻"妙"字；外孙是女之子，隐喻"好"字；齑是姜、蒜类的辛辣之物，盛在臼中，意为受辛，隐喻"辤"（辞）字，合起来就是"绝妙好辤"四字。

37　天台：山名，在今浙江天台县北。四明：山名，在今浙江宁波市西南。

38　国清：佛寺名，在天台山下，建于隋代。

39　五峰：国清寺旁的五座山峰。

40　灵溪：溪名，在天台县北。沿越：沿循越过。这里是畅游无阻的意思。

41　华顶：华顶峰,天台山的最高峰。超忽：高远的样子。

42　石梁：山涧上的石桥。

43　眷然：深切思念的样子。

44　惮：畏惧。赊(shē)：远。

45　海峤(qiáo)：海中的高山。

46　孤屿：山名,在今浙江永嘉县北。峣兀(yáo wù)：山势高峻不平的样子。

47　缙云：今浙江缙云县。

48　恶溪：即丽水。因为急流险恶,多滩,故名恶溪。

49　七十滩：相传恶溪九十里内有五十九滩,这里是夸张的说法。

50　喷薄：水喷涌而出。

51　李北海：即唐代北海太守李邕。他任括州刺史时,曾在岭上开筑过山路。

52　谢康乐：即谢灵运。他继承其祖父康乐公的封爵,世称谢康乐。谢灵运曾在恶溪游览题诗,当地有康乐岩,相传是他开凿。

53　搜索：这里是往来回荡的意思。

54　梅花桥：约在今浙江金华梅花溪上。

55　双溪：东港溪和南港溪,两溪均在金华市南。归潮：钱塘江落潮。

56　赤松:即古代传说中的仙人赤松子,相传他曾游金华山,山上有赤松祠。

57　八咏楼:原名玄畅楼,在今浙江金华市西南。南齐诗人沈约任东阳太守时,曾题八首诗在楼上,后人因改称八咏楼。

58　岧(tiáo)峣:形容山高。这里指八咏楼的高耸。

59　旷望:远望。

60　浙西:指钱塘江以西地区。

61　乱流:横流而渡。新安口:指新安江口。

62　严光濑:指严陵濑,汉代隐士严光(字子陵)曾在这里隐居钓鱼,故称。

63　钓台:指严子陵钓台,在今浙江桐庐县西富春山。

64　苍岭:即括苍山,在今浙江仙居县西。

65　稍稍:旋即,不久。吴都:今江苏苏州市,春秋时吴国曾在这里建都。

66　姑苏:山名,在苏州市西南。

67　烟绵:形容山势的绵延。九疑:据《吴地记》记载,苏州西北一百里,有九陇山。山有九陇,故名。这里的九疑,可能即指此山。

68　漭(mǎng)荡:水广阔的样子。

69　桡(ráo):船桨。楚江:指长江中下游一段。

70　挥策：挥动马鞭。扬子津：在今江苏扬州市南，古时长江渡口。

71　日本裘：指晁衡所赠的日本布制的衣服。

72　昂藏：气概轩昂的样子。出风尘：超出世俗。

73　造我：来拜访我。

74　怡儗（chì yì）：固滞、呆板的样子。

75　水石：山水。

76　干：干谒，求请。五诸侯：原指汉代五家封侯的权贵，这里泛指王公贵族。

77　扬子云：扬雄，字子云，西汉文学家。这里借指李白的友人杨利物。

78　山公：指晋朝人山简。据《晋书·山简传》记载，山简有俊才，性情洒脱，任征南将军时常常出外饮酒，大醉后就倒骑骏马而归。这里指洒脱不羁的狂士。

79　仙台：犹仙山，指魏万隐居的王屋山。

80　绿玉树：泛指魏万在王屋山的住处附近的树木。

81　天坛：山名，在今河南济源市，是王屋山中的一峰。

82　惜远别：舍不得远别。

送友人

青山横北郭[1]，白水绕东城。
此地一为别，孤蓬万里征[2]。
浮云游子意[3]，落日故人情。
挥手自兹去[4]，萧萧班马鸣[5]。

——　　这是一首充满诗情画意的送别诗。诗人与友人策马作别，情意绵绵，动人肺腑。首联道出送别地点，工丽的对偶句别开生面。诗人挥洒自如，描摹出一幅寥廓秀丽的图景。中二联切题，写离别的深情。既有景，又有情，情景交融，扣人心弦。尾联二句情深意切，化用古典诗句，着一"班"字，便推出新意，烘托出缱绻情意，鬼斧神工。此诗写送别不落俗套，新颖别致。自然美与人情美交相辉映，有声有色，气韵生动。全诗节奏明快，感情真挚又豁达乐观。

——　1　郭：外城。古时城有两道，内为城，外为郭。
　　2　孤蓬：古诗中常用以比喻独身漂泊不定的旅人。这里指友人。征：远行。
　　3　浮云：这里比喻人的行踪不定。
　　4　兹：此。
　　5　萧萧：马的嘶叫声。班马：离别的马。班，分别。

入清溪行山中[1]

轻舟去何疾，已到云林境[2]。
起坐鱼鸟间，动摇山水影。
岩中响自合[3]，溪里言弥静[4]。
无事令人幽，停桡向余景[5]。

此诗生动地描绘了清溪周围优美秀丽的景色，宛如一幅精致细腻的山水画。起二句勾勒出一幅浓淡相宜的水墨画面：白云悠悠，山林苍郁，诗人乘一片轻舟穿梭于白云山水之间。三、四句拉近镜头，分写天边之鸟与水底之鱼，从天上入水中，拼接出一幅生动完整的画面。一"摇"字极妙，使整幅画面栩栩如生，活泛起来。后四句诗人独赏幽溪，停棹观景，完成此幅山水画的最后一笔。此诗清新秀雅，爽利飘逸，语言淳朴自然，浑然天成。

1　清溪：水名，在今安徽贵池县北。
2　云林境：白云悠游、山林苍翠的境地。
3　合：应，和。
4　弥：更加。
5　停桡：停船。桡，桨。余景：夕阳的余辉。景，同"影"。

宿清溪主人 [1]

夜到清溪宿，主人碧岩里[2]。
檐楹挂星斗[3]，枕席响风水。
月落西山时，啾啾夜猿起[4]。

———　天宝十三载 (754)，诗人投宿于池州苍翠峰峦下的山村人家，作诗以抒情。此诗为夜宿清溪之诗，所言皆清溪之夜景。清溪主人居碧岩之里，与尘世隔绝。那宿处檐楹之间挂着明星朗斗，为诗人之所见。枕席之上，听得到风声水声，为诗人所闻。又在月落西山之时，听闻那夜猿之声，啾啾然起也。景色虽美，未免凄凉。这清溪夜景固然清爽，但对于正在旅途的诗人而言未免过于岑寂。此诗"奇语得自眼前"，语言清新自然，淡雅淳朴，韵味深浓。

———
1　清溪：水名，见前注。
2　碧岩：苍翠的山岩，此处指住在深山之中。
3　檐：屋檐。楹：房屋的柱子。
4　啾啾：凄厉的叫声。

秋浦歌十七首（其十四）

炉火照天地，红星乱紫烟[1]。
赧郎明月夜[2]，歌曲动寒川。

　　《秋浦歌》是李白漫游秋浦时所作的组诗。本诗为组诗的第十四首，生动地描绘了我国古代冶炼工人劳动的场面和豪迈的气概，在古代诗歌中比较少见。此诗一开头便描绘出一幅色调明朗、气氛热烈的冶炼场景，"照""乱"二字用得极好，使冶炼场面卓然生辉。三、四句分别从外貌和内心两方面入手，使冶炼工人雄伟健壮的形象跃然纸上。此诗是一幅瑰玮壮观的秋夜冶炼图，酣畅淋漓地塑造了古代冶炼工人的形象。全诗生活气息浓厚，富有民歌色彩。

1　红星：指炼矿炉中飞溅的火花。乱：交错的意思。
2　赧（nǎn）郎：指被炉火映红了脸的冶炼工人。赧，因羞愧而脸红。

赠汪伦 [1]

李白乘舟将欲行，忽闻岸上踏歌声 [2]。
桃花潭水深千尺 [3]，不及汪伦送我情。

　　这首小诗描写了诗人与村人汪伦的深厚情谊，新颖活泼，富有民歌色彩。诗的首二句是叙事，先写要离去者，继写送行者，完整地展示出一幅离别的画面。汪伦踏歌相送，这样的方式一扫送别的哀愁忧郁，极富新意，也正符合诗人飘逸豪放的个性。诗的后半是抒情，第三句接起句，道明送别地点是桃花潭。第四句把抽象的感情具体化，采用比物的手法，变无形的情意为生动的形象，空灵而有余味，自然而又情真。

1　汪伦：泾县（今安徽泾县）贾村人。
2　踏歌：民间一种歌唱形式，以脚步为节拍，边走边唱。
3　桃花潭：在今安徽泾县西南。

当涂赵炎少府粉图山水歌[1]

峨眉高出西极天[2]，罗浮直与南溟连[3]。

名工绎思挥彩笔[4]，驱山走海置眼前。

满堂空翠如可扫[5]，赤城霞气苍梧烟。

洞庭潇湘意渺绵，三江七泽情洄沿[6]。

惊涛汹涌向何处？孤舟一去迷归年[7]。

征帆不动亦不旋，飘如随风落天边。

心摇目断兴难尽[8]，几时可到三山巅[9]？

西峰峥嵘喷流泉，横石蹙水波潺湲[10]。

东崖合沓蔽轻雾[11]，深林杂树空芊绵[12]。

此中冥昧失昼夜[13]，隐几寂听无鸣蝉[14]。

长松之下列羽客[15]，对坐不语南昌仙[16]。

南昌仙人赵夫子[17]，妙年历落青云士[18]。

讼庭无事罗众宾[19]，杳然如在丹青里。

五色粉图安足珍？真山可以全吾身。

若待功成拂衣去，武陵桃花笑杀人[20]。

———　　这是一首题画诗。诗人把对画家的赞美、画的内容和自己看画的感受交织在一起写入诗中，情景交融而又层次分明，体现出诗人高超的艺术手法。诗人先用"广角镜头"概略地展示了全幅山水画的大印象，然后开始通过不断调整镜头焦距，带着读者细致地欣赏画作。最后诗人由景写人，以自己的感受作结，展示了这幅山水画巨大的艺术感染力。诗人写这首题画诗，以动态的眼光，从远近不同的角度来写，视野开阔，气势磅礴。

1　当涂：今安徽当涂县。赵炎：李白的友人，生平不详。少府：唐代县尉的别称。粉图：中国画的一种，以色粉为颜料作的画。

2　峨眉：即峨眉山。西极：西方极远的地方。

3　罗浮：即罗浮山，在今广东博罗县北部。相传罗山之西有浮山，浮海而至，与罗山并体，故名罗浮。南溟：南海。

4　绎思：指精密细致的构思。

5　空翠：青绿色的山容水态。

6　三江：这里可能泛指长江下游诸水。七泽：古称楚有七泽，这里指南方诸湖。洄：逆流而上。沿：顺流而下。

7　迷归年：不知道何时才能归来。

8　心摇：心情波动。目断：眼睛看到极远处。

9　三山：指海上三神山。

10　蹙（cù）：紧迫。潺湲（chán yuán）：水慢慢流动的样子。

11　合沓：重叠。

12　芊绵：草木丛生的样子。

13　冥昧：幽暗。

14　隐（yìn）几：倚着几案。

15　羽客：道士的别称。

16　南昌仙：汉成帝时九江人梅福曾任南昌县尉，因王莽专政，别妻子而去。后来传说他成了神仙。

17　赵夫子：指赵炎。因赵炎也是县尉，所以把他比作梅福，称为南昌仙人。

18　妙年：指青年。历落：即磊落。青云士：高士。

19　讼庭：这里借指官厅。罗众宾：聚集着许多宾客。

20　武陵：指隐居的地方。

奔亡道中五首（其四）

函谷如玉关[1]，几时可生还？
洛阳为易水，嵩岳是燕山[2]。
俗变羌胡语[3]，人多沙塞颜[4]。
申包惟恸哭[5]，七日鬓毛斑。

———　这首诗是安禄山在范阳起兵以后，李白从梁园避乱江南，在奔亡道中所作。诗中描述了沿途见闻，并借申包胥哭秦廷的故事，表示自己有为平叛做出贡献的愿望。李白亡奔，看到函谷之地已为安禄山所据，未知何日能平定，得生入此关。洛川、嵩岳之间的人民、风俗渐渐易变华风。观此情此景，作者欲效法申包胥恸哭乞师，以救国家之难。诗人先描写沿途见闻，最后用典作结，感情真挚强烈，极大地表现出自己的报国之心与爱国热情。

———　1　函谷：即函谷关，古时由中原入秦的重要关口，在今河南灵宝市西南。玉关：玉门关。据《后汉书·班超传》记载，班超久在西域，年老思念中原，上书给汉和帝说："臣不敢望到酒泉郡，但愿生入玉门关。"
　　2　嵩岳：山名，即中岳嵩山，在今河南登封市西。燕山：山名，在今河北省北部。易水、燕山，本是安禄山占据的地方。

3　羌胡：古代对有些少数民族的泛称。安禄山是混血胡人，史思明是突厥人。

4　沙塞：北方沙漠地区的边塞。

5　申包：申包胥。据《战国策·楚策》记载，春秋时吴楚交战，吴军攻破了楚都，楚国大夫申包胥赶到秦国求援，在秦国的宫殿上哭了七天七夜，感动了秦王，最后秦王发兵救楚。

宣城见杜鹃花 [1]

蜀国曾闻子规鸟 [2]，宣城还见杜鹃花。
一叫一回肠一断，三春三月忆三巴 [3]。

——　诗人作此诗时已是迟暮之年。他在宣城见杜鹃花开，联想到幼年在蜀国常见的杜鹃鸟，浓重的乡思就袭上了心头。此诗开头感物而兴，一、二句形成自然的对仗，从地理、时间两个方面的对比和联结中，真实地再现了触动乡思的过程。三、四句分别承接一、二句，进一步渲染浓重的乡思。末二句中"一""三"各自串联，纡结萦回，蕴味深浓。"忆三巴"三字则把杜鹃花开、子规悲啼和诗人的柔肠寸断融成一体，以一片浓浓思乡之情将全诗笼罩起来。

——　1　宣城：今安徽宣城市。杜鹃花：又名映山红，每年春末盛开时，正是杜鹃鸟啼的时候，故名杜鹃花。
2　子规：即杜鹃鸟。因鸣声凄厉，能动旅人归思，故俗称断肠鸟。蜀地最多，传说是蜀王杜宇死后所化。
3　三春：这里指春季。三巴：巴郡、巴东、巴西的总称，在今四川省东部及重庆市部分地区。

金陵新亭[1]

金陵风景好，豪士集新亭[2]。
举目山河异，偏伤周颛情[3]。
四坐楚囚悲，不忧社稷倾[4]。
王公何慷慨[5]，千载仰雄名。

　　此诗是天宝十五载(756)李白在金陵所作。安史之乱极大地破坏了唐王朝的安定和统一，使中原百姓惨遭战乱之苦。李白在诗中借用东晋王导等在金陵新亭集会上的故事，批判了不忧社稷、苟且偷安的态度，反映出诗人有心报国、期望国家统一的愿望。此诗由景而兴，先言风景再谈情叙事，步步深入，诗的题旨也随之节节升华。诗末作者以古喻今，表达了自己希望能够有所作为，救国家于水火之中的远大抱负。

1　新亭：一名中兴亭，三国时吴筑，故址在今江苏南京市南。
2　集新亭：指西晋灭亡后，晋元帝司马睿在金陵建立了东晋王朝，一些从中原来归的名士，每逢暇日相约至新亭饮宴。
3　偏：唯独。周颛(yǐ)：字伯仁，晋汝南安城(今河南平舆县)人，原系西晋官员，东晋王朝建立后曾任尚书左仆射等职。他在新亭集宴时曾说："风景不殊，举目有江河之异。"在座的人听了都相对流泪。当时王导对大家说:"当共勠力王室,克复神州,何至作楚囚相对泣耶!"

4　四坐:指在座的人。坐,通"座"。楚囚:这里借指穷困丧气的名士。社稷:借指国家。倾:覆灭。

5　王公:指王导,字茂弘,琅琊临沂(今山东临沂市)人,出身士族,东晋王朝建立后任丞相,对稳定东晋在南方的统治做出了一定贡献。

西上莲花山 [1]（《古风》其十九）

西上莲花山，迢迢见明星[2]。
素手把芙蓉，虚步蹑太清[3]。
霓裳曳广带[4]，飘拂升天行。
邀我登云台[5]，高揖卫叔卿[6]。
恍恍与之去[7]，驾鸿凌紫冥[8]。
俯视洛阳川[9]，茫茫走胡兵[10]。
流血涂野草，豺狼尽冠缨[11]。

　　这是一首用游仙体写的古诗，大约作于安禄山攻破洛阳之后。诗中虚构了一个虚无缥缈的仙境，以表现叛军横行、民不聊生的残酷情景，表达了诗人独善兼济的思想矛盾和忧国忧民的沉痛感情。诗中美妙圣洁的仙境和血腥污秽的人间形成了鲜明对比，诗人出世和用世的思想矛盾在二者的对比中显现出来，由此构成了诗歌情调从悠扬到悲壮的急速转换和诗风由飘逸到沉郁的强烈反差。游仙表明诗人对现实的反抗和对理想的追求。

1　莲花山：即华山的最高峰莲花峰。华山在今陕西华阴县。
2　迢迢：遥远的样子。明星：传说中华山的仙女。

3　虚步:腾空而行。蹑:踩,登。太清:天空。

4　霓裳:用虹霓做成的衣裙。曳:拖。广带:衣裙上宽阔的飘带。

5　云台:云台峰,是华山东北部的高峰,四面陡绝,景色秀丽。

6　高揖:即长揖。卫叔卿:传说中的仙人。

7　恍恍:恍惚。之:指卫叔卿。

8　鸿:鸿鹄,即天鹅,善高飞。紫冥:高空。

9　洛阳川:泛指中原一带。川,平野。

10　走:这里是流窜的意思。

11　豺狼:喻指安禄山部下的伪官。冠缨:官吏的服饰。这里指做官。

扶风豪士歌[1]

洛阳三月飞胡沙[2]，洛阳城中人怨嗟。
天津流水波赤血[3]，白骨相撑如乱麻。
我亦东奔向吴国[4]，浮云四塞道路赊[5]。
东方日出啼早鸦，城门人开扫落花。
梧桐杨柳拂金井[6]，来醉扶风豪士家。
扶风豪士天下奇，意气相倾山可移[7]。
作人不倚将军势[8]，饮酒岂顾尚书期[9]？
雕盘绮食会众客[10]，吴歌赵舞香风吹[11]。
原尝春陵六国时[12]，开心写意君所知。
堂中各有三千士，明日报恩知是谁？
抚长剑，一扬眉，清水白石何离离[13]！
脱吾帽，向君笑。饮君酒，为君吟。
张良未逐赤松去[14]，桥边黄石知我心[15]。

安史叛军攻占洛阳，长安一带战火纷飞，李白在溧阳避乱于扶风豪士家，作此诗。诗一开始，直写时事，描绘出一幅战乱之景。诗人报国无门，只得于扶风豪士家暂避战乱。由此场景一换，描写在豪士家饮宴的场景，宕转出一个明媚华美的世界。这段穿插，使全诗疾徐有致，变幻层出。酒宴虽好，诗人却没有在酣乐中沉醉,铺叙过后,转入抒情:用典说明自己想要效法先贤,报效国家。全诗以系念时事发端,许国明志收束,自由挥洒,感情真挚。

1　扶风豪士:指安史之乱发生后由扶风逃难到吴地的豪士。扶风,郡名,在今陕西凤翔一带。

2　飞胡沙:指安禄山叛军攻陷洛阳。

3　天津:桥名,在洛阳西南洛水之上。

4　吴国:这里泛指东南一带。

5　浮云四塞:形容逃难的人像浮云一样从四面八方涌来,充塞道路。赊:远,长。

6　金井:围栏上有华美雕饰的井。

7　相倾:互相敬慕。山可移:形容友谊的深厚。

8　不倚将军势:这是反用辛延年《羽林郎》"依倚将军势,调笑酒家胡"的句意,称赞豪士不倚仗他人的权势。

9　饮酒岂顾尚书期:据《汉书·陈遵传》记载,西汉陈遵嗜酒好客,每次宴会,总关上大门留客不放,甚至将客人车轴上的键拔出投入井中,使他们虽有急事也不能离去。一次,有个刺史虽与尚书有约也无法走脱,直到陈遵酒醉后,才由陈母从后门将他放出。尚书,官名,古代协助皇帝处理政务的大官。期,约会。

10　绮食：美味的酒菜。

11　吴歌赵舞：指出色的歌舞。古时吴地的人善歌，赵地（今河北一带）的人善舞。

12　原尝春陵：指战国时著名的贵族平原君、孟尝君、春申君、信陵君四公子。他们门下各有食客数千人。六国：指战国时齐、楚、燕、韩、魏、赵六国。

13　清水白石：即水清石见的意思。乐府《艳歌行》："语卿且勿眄，水清石自见。"离离：清晰可见。

14　张良：字子房，汉初大臣，传为城父（在今安徽亳州）人。祖先五代相韩。秦灭韩后，他结交刺客，在博浪沙（在今河南原阳县）狙击秦始皇未中。秦末农民战争中，他聚众归刘邦，成为刘邦的重要谋士。刘邦很器重他，赞为"运筹帷幄之中，决胜千里之外"的豪杰。汉王朝建立后，封为留侯。逐：跟随。赤松：即赤松子，古代神话中的仙人。张良晚年曾有"愿弃人间事，从赤松子游"的念头。

15　黄石：即黄石公，又称圯上老人。传说张良刺秦始皇失败后，逃亡下邳（今江苏邳州市），遇老人于圯（桥）上，授以《太公兵法》，并说"十三年孺子见我济北，谷城山下黄石即我"。十三年后，张良随刘邦过济北，果在谷城山下得黄石。见《史记·留侯世家》。

赠溧阳宋少府陟 [1]

李斯未相秦[2]，且逐东门兔。
宋玉事襄王[3]，能为高唐赋。
尝闻渌水曲[4]，忽此相逢遇。
扫洒青天开，豁然披云雾[5]。
葳蕤紫鸳鸟[6]，巢在昆山树。
惊风西北吹，飞落南溟去。
早怀经济策，特受龙颜顾。
白玉栖青蝇，君臣忽行路[7]。
人生感分义[8]，贵欲呈丹素[9]。
何日清中原[10]，相期廓天步[11]。

———　　这首诗是李白在东南赠友人之作。开篇四句，诗人以李
斯自喻，并以宋玉喻宋陟，对宋陟的赞美之情溢于言表。后四
句乘势而下，赞美宋陟才高品优、爽朗豁达。至“葳蕤”四句，
诗人笔锋一转，写宋陟被纷乱时事所累，只得由京师至江南。
而自己亦命途坎坷，“早怀”四句叙述了诗人遭谗失志之事。
虽然自己被谗离朝，但忠君之心不改，因有末四句，诗人愿与
宋陟肝胆相照，平定叛乱，为国尽忠。此诗善用事，能任意驰
骋，又条理清晰，浑然一体。

1　溧阳：今江苏溧阳市。宋少府陟：即少府宋陟，李白的友人，生平不详。

2　李斯：楚上蔡（今河南上蔡县）人。初为郡小吏，战国末入秦，曾任廷尉，后任丞相。未相秦：未到秦国做丞相的时候。

3　宋玉：战国时楚国的辞赋家，传说是屈原的弟子。楚顷襄王时曾任大夫，著有《九辩》《高唐赋》《风赋》等篇。

4　渌水曲：古代乐曲名。这里指宋陟所作的辞赋。

5　青天开、披云雾：意即拨开云雾见青天。这里喻指宋陟性情爽朗豁达。

6　葳蕤：草木茂盛的样子。这里形容羽毛丰美。

7　君臣：指唐玄宗和李白自己。行路：不相识的陌路人。

8　分（fèn）义：情义。

9　丹素：赤诚之心。

10　清中原：指平定安史之乱。

11　廓：开展。天步：指国家的命运。

北上行[1]

北上何所苦？北上缘太行[2]。

礚道盘且峻[3]，巉岩凌穹苍[4]。

马足蹶侧石，车轮摧高冈。

沙尘接幽州[5]，烽火连朔方[6]。

杀气毒剑戟[7]，严风裂衣裳。

奔鲸夹黄河[8]，凿齿屯洛阳[9]。

前行无归日，返顾思旧乡。

惨戚冰雪里[10]，悲号绝中肠。

尺布不掩体，皮肤剧枯桑。

汲水涧谷阻[11]，采薪陇坂长[12]。

猛虎又掉尾[13]，磨牙皓秋霜[14]。

草木不可餐，饥饮零露浆[15]。

叹此北上苦，停骖为之伤[16]。

何日王道平，开颜睹天光[17]？

———　安禄山攻占洛阳后，给当地百姓带来了深重的灾难。诗中抓住逃难百姓"北上缘太行"的经过和心情，细致地展现了百姓在战乱中背井离乡、风餐露宿的痛苦生活，也反映出诗人希望天下太平的愿望。此诗以设问总起，后文则集中力量回答。百姓之所以"苦",既是为太行的自然环境所苦,也是为被迫迁徙所苦。诗人能够找到"苦"的原因,但是却解决不了问题,只得期盼早日天下太平。此诗笔触极为细腻,对问题的分析鞭辟入里。

1　北上行:乐府"征行曲"调名,多写从军征役之苦。原作《苦寒行》,李白取其第一句"北上太行山"的"北上"两字,改名为《北上行》。

2　缘:沿着。太行:即太行山,在山西、河北两省交界处。

3　磴(dèng)道:上山的石阶。

4　巉岩:高峻的山崖。

5　幽州:即安禄山盘踞的范阳。乾元元年(758)复改范阳郡为幽州。

6　朔方:北方,又为郡名,在今宁夏回族自治区以北和内蒙古自治区西南一带。

7　毒:侵蚀。

8　奔鲸:奔突的鲸,指安禄山的部将。

9　凿齿:传说中的野兽,"齿长三尺,其状如凿",喻指安禄山。

10　戚:忧愁。

11　汲水:打水。涧谷:两山间流水之道。

12　陇坂:山岗上的斜坡。

13 掉尾：摇尾，指老虎扑食时的凶态。

14 皓：白。

15 零露浆：树上滴下来的露水。

16 停骖（cān）：即停车。骖，驾在车前两旁的马。

17 睹天光：重见光明。

独漉篇[1]

独漉水中泥[2]，水浊不见月。

不见月尚可，水深行人没。

越鸟从南来[3]，胡雁亦北度[4]。

我欲弯弓向天射，惜其中道失归路。

落叶别树，飘零随风。

客无所托，悲与此同。

罗帷舒卷[5]，似有人开。

明月直入，无心可猜。

雄剑挂壁[6]，时时龙鸣[7]。

不断犀象，绣涩苔生[8]。

国耻未雪，何由成名[9]？

神鹰梦泽[10]，不顾鸱鸢[11]。

为君一击，鹏搏九天。

―――　至德元载（756），诗人避难在金陵、秋浦、浔阳一带，过着漂泊无依的流浪生活。面对安史之乱，他欲效法搏击九天之鹏的神鹰，一击成功，歼灭叛军，为国家做出贡献。此诗峰断云连，浑然一体，从时局的动乱，引出客中漂泊的悲愤；从独伫空堂的期待，写到雄剑挂壁的啸吟；最后壮心难抑，磅礴直上,化出神鹰击天的奇景。其诗情先借助五、七言长句盘旋、游走,然后在劲健有力的四言短句中排宕而出,充满奇幻峥嵘之思、雄迈悲慨之气。

1　独漉(lù)篇:一作《独禄篇》,乐府"拂舞歌"五曲之一。古词是四言体,写为父报仇。这里改为长短句,写为国雪耻,在形式和内容上都有所发展。

2　独漉:地名,在今河北涿州市。

3　越鸟:泛指南方的鸟。

4　胡雁:泛指北方的鸿雁。

5　罗帷:绸制的帐幕。

6　雄剑:本指古代有名的宝剑干将,这里泛指宝剑。

7　龙鸣:相传颛顼(Zhuān xū)高阳氏有宝剑数口,如发生战争,而有一剑不用,则此剑就在匣中发出龙吟的声音。

8　绣涩:生锈。绣,同"锈"。

9　成名:建立功名。

10　神鹰:传说楚文王喜欢打猎,有人献给他一只神奇的鹰,他看了很欣赏,特地带着鹰到云梦泽去打猎。这只鹰果然不同一般,竟能击落一只硕大无比的鹏鸟。梦泽:即云梦泽,古代楚国的大湖,在华容(今湖北监利)东南,古时面积很大,分跨长江南北。

11　鸱(chī)、鸢(yuān):都是鹰科的猛禽。

金陵三首（其二）

地拥金陵势[1]，城回江水流。
当时百万户[2]，夹道起朱楼。
亡国生春草[3]，王宫没古丘。
空余后湖月[4]，波上对瀛洲[5]。

　　至德元载(756)，李白在金陵作此诗吊六朝遗迹，抒兴亡之感。金陵之地依山傍水，六朝之时，人民富庶，宅第繁华。如今旧国废而春草生，王宫没而古丘在，再没有当日的繁华盛景，空余后湖之月，远对江洲之波，只有月色还无异于旧时。此诗充满人世沧桑的兴亡之感，多少悲慨尽在其中。全诗语言真挚淳朴，空灵自然，"清空之气溢出"，韵味无穷。

1　拥：环抱的样子。金陵：这里指金陵山，即今南京的钟山。

2　当时：指六朝。

3　亡国：指相继灭亡的六朝的故都金陵。国，都城。

4　空余：只剩下。后湖：一名玄武湖，在今南京市东北。

5　瀛洲：传说中的仙山。这里指玄武湖中的小洲。

永王东巡歌十一首 [1]（其二）

三川北虏乱如麻[2]，四海南奔似永嘉[3]。
但用东山谢安石[4]，为君谈笑静胡沙[5]。

     至德元载（756），永王李璘引水师顺江东下，途经九江时，三请李白出庐山，诗人应召成为随军幕僚。次年正月，李白在行军途中写下这组诗。本诗为组诗第二首。此诗起句描写了叛军既多且乱，烧杀抢掠。二句则从历史高度揭示了这场灾难的规模和性质，表达出鲜明的爱憎。末二句诗人自比"东山再起"的谢安，书写自己出匡庐以佐王师之情，笔势飞动间，一种豪迈的气概和必胜的信念跃然纸上。全诗用典精审，比拟切当。艺术构思欲抑故扬，跌宕有致。

1 永王：即唐玄宗第十六子李璘。天宝十五载（756），安禄山陷潼关。唐玄宗在奔蜀途中，任命李璘为山南东路及岭南、黔中、江南西路四道节度采访使，兼江陵郡大都督。同年十二月，李璘率领所部水师东下。当时已在灵武即位的唐肃宗李亨认为李璘要同他争夺帝位，下令讨伐。至德二载（757）二月，李璘兵败被杀。

2 三川：郡名，治所在洛阳，战国时秦庄襄王所置。以境内有黄河、洛水、伊水三川而得名。这里借称洛阳一带。北虏：指安史叛军。

3　四海：全国。这里指中原一带的人民。这里是用永嘉之乱来比拟安史之乱。

4　谢安石：即谢安。前秦苻坚率军南犯时，谢安任东晋大都督，大破秦军于淝水。这里是以谢安自比。

5　谈笑：形容从容不迫，胸有成竹。静胡沙：平定叛乱，使北方安定。

南奔书怀

遥夜何漫漫！空歌白石烂[1]。

宵戚未匡齐[2]，陈平终佐汉[3]。

欃枪扫河洛[4]，直割鸿沟半。

历数方未迁[5]，云雷屡多难[6]。

天人秉旌钺，虎竹光藩翰[7]。

侍笔黄金台，传觞青玉案[8]。

不因秋风起，自有思归叹[9]。

主将动谗疑[10]，王师忽离叛[11]。

自来白沙上[12]，鼓噪丹阳岸。

宾御如浮云，从风各消散。

舟中指可掬[13]，城上骸争爨[14]。

草草出近关[15]，行行昧前算[16]。

南奔剧星火[17]，北寇无涯畔[18]。

顾乏七宝鞭，留连道边玩[19]。

太白夜食昴[20]，长虹日中贯[21]。

秦赵兴天兵[22]，茫茫九州乱。

感遇明主恩，颇高祖逖言[23]。

过江誓流水，志在清中原。

拔剑击前柱[24]，悲歌难重论[25]。

　　永王李璘于内战中战败被杀。李白南奔晋陵,于途中作此诗。此诗用典总起,诗人怀着悲愤的心情,诉说自己参加李璘幕府的目的本是平叛,没想到却成了政治斗争的牺牲品。他在慨叹政治理想幻灭的同时,仍旧不忘"清中原"的初志,对统治集团置"北寇"于不顾的态度,表示了强烈的不满。此诗有感而发,一气呵成,浑然一体,不露斧凿痕迹,犹如一卷长篇史诗,真实再现了统治阶级内战的惨烈境况,使人如入其境,感慨万千。

1　白石烂:这里指甯戚《饭牛歌》。歌词是:"南山矸,白石烂,生不逢尧与舜禅。短布单衣适至骭,从昏饭牛薄夜半,长夜漫漫何时旦!"

2　甯戚:春秋时卫国人,曾在齐国替人养牛,喂牛时作歌寓意。齐桓公听到后,赏其才能,任为上卿。

3　陈平:汉初阳武(今河南原阳县)人。据《史记·陈丞相世家》记载,陈平曾投魏王咎,后投项羽,都未得到重用。最后投奔汉高祖刘邦,担任护军中尉,曾屡献奇谋,协助刘邦建立了西汉王朝。文帝时任丞相。

4　欃(chán)枪:即彗星,俗称扫帚星。这里指安禄山。河洛:指黄河与洛水之间的地区。

5　历数:指王朝的命运。古人认为王朝的兴灭与天象运行的次序相应,是天意所决定的,故称。

6 云雷:《周易》屯卦象辞以"云雷屯"表示冬季的雷雨无养育之功,万物难以生长。这里借喻艰难。

7 藩翰:屏藩羽翼。这里喻捍卫国家的重臣。

8 传觞:传杯,行酒的意思。青玉案:古代一种用青玉镶制的托放食器的小几,状如有脚的托盘。

9 "不因"二句:据《晋书·张翰传》记载,晋人张翰为齐王司马囧(jiǒng)幕僚,因见秋风起而思故乡的菰菜羹、鲈鱼脍,就辞别齐王回到江南。不久,齐王因擅权被杀,张翰未受牵连。

10 主将:指李璘部下大将季广琛。动谗疑:季广琛煽动诸将背离李璘。

11 王师:指永王李璘的军队。离叛:李璘的部将季广琛逃奔广陵,浑惟明逃奔江宁,冯季康逃奔白沙。

12 白沙:即白沙洲,在今江苏仪征市南,长江边上。

13 舟中指可掬:据《左传·宣公十二年》记载,晋和楚在邲(今河南郑州市)交战,晋军战败,士兵抢先登船逃跑,当时因攀船而被砍断的手指,多到可以用双手来捧取。

14 骸争爨(cuàn):争用人的骸骨当柴烧。据《左传·宣公十五年》记载,楚庄王围宋九个月,宋城中粮草俱尽,只得"易子而食,析骸以爨"。爨,烧火做饭。

15 草草:仓促的样子。近关:附近的城门。

16 行行:踟蹰不进的样子。这里指进退失措。昧前算:没有明确的下一步打算。

17　星火：比喻形势急迫。

18　北寇：指安史叛军。无涯畔：无边无际，形容敌势猖獗。

19　"顾乏"二句：据《晋书·明帝纪》记载，王敦谋反，晋明帝便衣到王敦军营附近侦察，被发觉后急忙逃跑，途中把七宝鞭留给路旁的一位老妇人。等王敦的追兵赶到，老妇人就把七宝鞭给他们看，并谎说明帝已走得很远了。追兵们互相传玩七宝鞭，明帝得以乘机脱险。顾，顾念，想到。

20　太白食昴：太白星侵蚀了昴宿。古人认为出现这种天象，就要发生战乱，国家就有灭亡的危险。这是一种迷信的说法。太白，即金星。昴，星宿名，二十八宿之一。

21　长虹日中贯：相传战国时，刺客聂政刺杀韩国国相韩傀的时候，一道白虹冲向了太阳。见《战国策·魏策》。

22　秦赵：据《史记·赵世家》记载，秦、赵之君原系同一祖先，是兄弟关系，都是飞廉的后代，后来变成了敌国。这里指李亨和李璘。

23　祖逖：东晋名将，字士稚，范阳遒县（今河北涞水县）人。晋元帝时任奋威将军、豫州刺史，受命北伐。在领兵渡江时，击楫发誓："祖逖不能清中原而复济者，有如大江！"

24　拔剑击前柱：这是化用鲍照《行路难》诗"对案不能食，拔剑击柱长太息"句意，表示自己的悲愤、慷慨。

25　难重论：无法详尽地说。

万愤词投魏郎中[1]

海水渤潏[2]，人罹鲸鲵[3]。

翕胡沙而四塞[4]，始滔天于燕齐[5]。

何六龙之浩荡[6]，迁白日于秦西[7]。

九土星分[8]，嗷嗷凄凄[9]。

南冠君子[10]，呼天而啼。

恋高堂而掩泣，泪血地而成泥。

狱户春而不草[11]，独幽怨而沉迷[12]。

兄九江兮弟三峡，悲羽化之难齐[13]。

穆陵关北愁爱子[14]，豫章天南隔老妻[15]。

一门骨肉散百草[16]，遇难不复相提携。

树榛拔桂[17]，囚鸾宠鸡。

舜昔授禹，伯成耕犁[18]。

德自此衰，吾将安栖[19]？

好我者恤我[20]，不好我者何忍临危而相挤？

子胥鸱夷[21]，彭越醢醯[22]。

自古豪烈，胡为此繄？

苍苍之天，高乎视低[23]。

如其听卑[24]，脱我牢狴[25]。

傥辨美玉，君收白珪[26]。

　　此诗作于浔阳狱中,反映了诗人当时复杂而强烈的悲愤之情。他谴责当时统治者在叛军肆虐的情况下望风而逃,置人民苦难于不顾,讽刺统治阶级不辨忠奸、重用佞臣的倒行逆施之举。统治集团任叛逆横行而不顾,忙于内部斗争,诗人为自己因统治阶级内部倾轧而受累鸣不平。他向魏郎中倾诉了自己实是无辜,清白如玉,望他能帮助自己早日脱离牢狱。此诗用典精准,感情真挚激烈,将诗人无辜下狱的悲慨、愤懑之情表现得淋漓尽致。

1　魏郎中:李白的友人,名字、生平不详。郎中,官名,唐代尚书省所属各部中司一级的长官。

2　渤澥:海水汹涌澎湃的样子。

3　罹:遭遇。鲵:古书上说是雌性的鲸。

4　翁(wěng):茂盛,引申为众多。

5　滔天:本指洪水泛滥,这里比喻战乱扩大。燕、齐:今河北、山东一带。

6　六龙:传说中为太阳拉座车在天空奔跑的六条龙。这里指皇帝所乘的车驾。

7　白日:指君主。

8　九土:即九州。星分:即分野。古人把天上的星宿分属于地面上的某个地区,九州各有自己的主星。

9　嗷嗷：哀叹声。

10　南冠：指囚犯。李白当时被囚系在浔阳狱中，故以"南冠君子"自称。

11　狱户：指监狱。

12　幽怨：深沉的怨恨。沉迷：形容情意迷惘。

13　羽化：古人迷信，指登仙飞升。齐：同。

14　穆陵关：关名，故址在今山东临朐(qú)县东南大岘山上。爱子：李白的儿子伯禽，当时在山东。

15　豫章：郡名，即洪州，在今江西南昌市一带。李白的妻子当时寄居在豫章郡。

16　散百草：像杂草一样分散。

17　榛(zhēn)：一种不成材的杂树。古人认为榛和桂是两种贵贱不同的树。

18　伯成耕犁：据《庄子·天地》记载，舜让位给禹的时候，伯成子高就不做诸侯去耕田。禹问他为什么，他说："尧治天下时，不用赏罚而百姓服从，你现在专门依靠赏罚，百姓仍然不仁。德自此衰，刑自此立，天下就要大乱了。"这里借以抨击唐肃宗的滥用刑罚，罪及无辜。伯成，即伯成子高，传说是尧时的诸侯。

19　安栖：在何处容身。

20　好：友善。恤：怜悯，周济。

21　子胥鸥夷：据《史记·伍子胥列传》记载,吴王夫差听信谗言,杀害有功的伍子胥,把他的尸体装进革囊,投入江中。鸥夷,革制的大袋,形状像鸥鸟。

22　彭越：汉初大将,后为吕后所杀。醢醯(hǎi xī)：剁成肉酱。

23　视低：看到地面上的事物。

24　听卑：听到最低处的声音。

25　牢狴(bì)：牢狱。

26　"俍辨"二句：《诗经·大雅·抑》："白圭之玷,尚可磨也；斯言之玷,不可为也。"这里是借用《诗经》的原意,比喻自己清白如玉,却受到诬陷,无辜被牵累。君,指魏郎中。珪,同"圭",洁白无瑕的美玉。

中丞宋公以吴兵三千赴河南军次寻阳脱余之囚参谋幕府因赠之[1]

独坐清天下[2]，专征出海隅[3]。
九江皆渡虎[4]，三郡尽还珠[5]。
组练明秋浦[6]，楼船入郢都[7]。
风高初选将[8]，月满欲平胡。
杀气横千里，军声动九区[9]。
白猿惭剑术[10]，黄石借兵符[11]。
戎虏行当剪，鲸鲵立可诛[12]。
自怜非剧孟[13]，何以佐良图？

至德二载（757）秋，御史中丞宋若思率军行抵浔阳时，李白由于宰相崔涣和宋若思的营救，被释出狱，并留在宋军中参赞军务。这首诗就作于此时。全诗以极浓的笔墨赞扬了宋若思和他治下的军队，并因自己能参谋幕府而感到高兴。此诗以排律起句，雄浑而严整。用典炼意传神，明白晓达，情境俱现，相映增辉。全诗"气格清饬"，"句句壮，末韵更佳"。

1　中丞宋公：即宋若思。天宝十五载（756）六月，宋若思以监察御史升至御史中丞，故称。河南：指河南道。次：停留。

2　独坐：东汉光武帝时，御史中丞、司隶校尉、尚书令在朝廷会同议事，均专席而坐，被称为"三独坐"。这里称宋若思。

3　专征：指不待皇帝的命令，可以自专征伐，是古代帝王授予将帅的特权。海隅：沿海地区。

4　渡虎：汉时九江地方老虎经常伤人，宋均到九江任太守后，罢斥贪官污吏，废除苛捐杂税，传说老虎都东游渡江而去。

5　三郡：泛指宋若思所到之处。还珠：传说汉代合浦郡（在今广西合浦一带）盛产珠宝，人民靠此为生。原地方官残酷搜刮，逼迫人民无限度地采珠，珠子逐渐转移到邻近郡内，人民生活无着，饿死道旁。孟尝到合浦做太守后，破革弊政，不到一年，珠子又回来了。见《后汉书·孟尝传》。

6　组练：组甲和被练的简称，古代军士所穿的两种军服。这里指军队。秋浦：县名，在今安徽贵池西。宋若思率兵从宣城到浔阳时，途经秋浦。

7　郢都：春秋战国时楚国的都城，在今湖北荆州一带。

8　风高：指秋高气爽的季节。初选将：开始调兵遣将。

9　军声：军队的声势。动：震动。九区：即九州。这里指全国。

10　白猿惭剑术：据《吴越春秋》记载，春秋时越国有个女子精通剑术，遇到一个自称袁公的老翁，要与她比武。经过较量，袁公自愧不如，化为白猿逃去。

11　黄石：即黄石公，又称圯上老人。见前《扶风豪士歌》注。

兵符：通常指发兵的符信，这里指兵法。

12　鲸鲵：这里指叛军的首恶分子。

13　剧孟：西汉的游侠。

赠张相镐二首[1]（其二）

本家陇西人[2]，先为汉边将[3]。
功略盖天地[4]，名飞青云上。
苦战竟不侯[5]，当年颇惆怅。
世传崆峒勇[6]，气激金风壮。
英烈遗厥孙[7]，百代神犹王[8]。
十五观奇书[9]，作赋凌相如。
龙颜惠殊宠，麟阁凭天居[10]。
晚途未云已[11]，蹭蹬遭谗毁[12]。
想像晋末时，崩腾胡尘起[13]。
衣冠陷锋镝[14]，戎虏盈朝市。
石勒窥神州[15]，刘聪劫天子[16]。
抚剑夜吟啸，雄心日千里。
誓欲斩鲸鲵，澄清洛阳水。
六合洒霖雨[17]，万物无凋枯。
我挥一杯水，自笑何区区。
因人耻成事，贵欲决良图。
灭虏不言功，飘然陟方壶[18]。
惟有安期舄[19]，留之沧海隅。

　　李白出狱后卧病于宿松,听闻张镐督军往救睢阳的消息,曾两次写诗给张镐,表明想要投入张镐麾下效力的决心,此诗为两诗中第二首。全诗开篇即自报家门,言李氏先祖为名将李广,并详细叙述了李广生平之事,既言自己为李广子孙,当有勇有谋,效法先祖报效国家,又以李广不侯自况,言己在朝遭奸佞谗谤,才华抑郁不得施展,表明自己想要参加平乱,光复洛阳,志在灭虏,不求功名利禄的决心。此诗虽为病中之作,然精神饱满,气不衰飒。全诗一气呵成,气势流畅,用典精准,语言真挚。

1　张镐:唐肃宗时宰相,博州(今山东聊城市一带)人,至德二载(757)八月,兼河南节度使,持节都统淮南等道诸军事。当时睢阳(今河南商丘市)告急,张镐领兵往救,途经宿松(今安徽宿松县)。

2　本家:祖籍。陇西:郡名。西汉名将李广是陇西成纪(今甘肃秦安县)人,所以诗人说自己的祖籍是陇西。

3　先:祖先。这里指李广。

4　功略:功绩谋略。盖天地:形容功略很大。

5　不侯:没有封授侯爵。

6　崆峒:山名,在今甘肃平凉县西。相传这一带的人勇敢善战,这里也是指李广。

7　英烈：英勇壮烈。厥：其。

8　王：通"旺"。

9　奇书：指诸子百家的著作。

10　麟阁：即麒麟阁，皇帝的藏书处，这里指翰林院。凭：紧靠。天居：皇帝居住的地方。

11　晚途：晚年。未云已：未止，指自己的进取之心并没有停止。

12　蹭蹬：路途艰阻难行的样子，比喻失意、潦倒。

13　崩腾：即奔腾。胡尘起：胡骑来侵。

14　衣冠：指官僚、豪绅等上层人士。陷锋镝（dí）：遭受战争的灾祸。镝，箭镞。

15　石勒：十六国时期后赵的建立者，羯（jié）族人，公元319年自称赵王。公元329年灭前赵，占领了北方大部分地区。窥：窥伺，企图伺机而动。神州：中国的别称。

16　刘聪：十六国时期汉国的君主，匈奴人。劫天子：指刘聪俘虏西晋的怀、愍（mǐn）二帝。

17　六合：天地四方，这里指天下。霖雨：连绵的大雨。这里比喻恩泽。

18　陟：登。方壶：又名方丈，传说东海中三神山之一。

19　安期舄（xì）：传说安期生仙去以后，留下了一双玉鞋。安期，安期生，古代神话中的仙人。舄，鞋子。

赠易秀才[1]

少年解长剑，投赠即分离[2]。
何不断犀象，精光暗往时[3]。
蹉跎君自惜，窜逐我因谁[4]？
地远虞翻老[5]，秋深宋玉悲[6]。
空摧芳桂色，不屈古松姿。
感激平生意[7]，劳歌寄此辞[8]。

　　这首诗是李白在流放途中所作。此诗先言自己与易秀才本是旧识，相别已久，易秀才与自己同样是怀才不遇之人。后又言自己蹉跎不遇，抒发了无辜受屈、流放远方的愤懑心情。但是诗人认为"芳桂之色虽摧残，然古松之姿则如旧也"，即言才虽可屈，但所守之操不可屈也，虽受打击仍应坚贞不屈，以此与易秀才共勉。此诗感情真挚，语言淳朴自然，韵味深浓，虽为流放途中之作，却丝毫不染倾颓色彩，感情积极向上，难能可贵。

1　易秀才：李白的朋友，名字、生平不详。

2　投赠：赠送。

3　精光：指宝剑的光芒。

4　窜逐：指自己被流放。

5　虞翻：三国时吴国经学家，字仲翔，会稽余姚（今浙江余姚市）人，曾任富春长，因屡次触犯孙权，被贬到远地，直至老死。

6　秋深宋玉悲：宋玉曾作《九辩》，文中有"悲哉，秋之为气也"等句。

7　感激：因有所感而内心激动。平生：往常。

8　劳歌：庾信《哀江南赋序》："劳者须歌其事。"意思是说，服劳役的人只能以唱歌来减轻劳苦。李白当时正在艰难的流放途中，故称自己寄易秀才的诗为劳歌。

赠从弟南平太守之遥二首[1]（其一）

少年不得意，落魄无安居[2]。
愿随任公子[3]，欲钓吞舟鱼。
常时饮酒逐风景[4]，壮心遂与功名疏。
兰生谷底人不锄[5]，云在高山空卷舒。
汉家天子驰驷马[6]，赤军蜀道迎相如。
天门九重谒圣人[7]，龙颜一解四海春[8]。
彤庭左右呼万岁，拜贺明主收沉沦[9]。
翰林秉笔回英盼[10]，麟阁峥嵘谁可见[11]？
承恩初入银台门[12]，著书独在金銮殿。
龙驹雕镫白玉鞍[13]，象床绮席黄金盘[14]。
当时笑我微贱者，却来请谒为交欢。
一朝谢病游江海，畴昔相知几人在[15]？
前门长揖后门关，今日结交明日改。
爱君山岳心不移，随君云雾迷所为。
梦得池塘生春草[16]，使我长价登楼诗[17]。
别后遥传临海作[18]，可见羊何共和之[19]。

———　此诗是李白在流放途中所作。诗人根据流放前后的不同
遭遇，用对比手法反映出一些旧友的势利奸诈。"'兰生谷底'

二句,逸韵可赏,复有深味。"当时笑我"六句,则辛辣形象
地描绘出势利小人的虚伪处世态度。篇末赞扬了李之遥不与
世俗合流、始终如一的深厚友情,与前述诸人的反复卑劣情状
形成了鲜明对比,起到反衬作用。"末四句用古语入化,别具
清新之致。"全诗语言真挚生动,讽刺辛辣。"说尽炎凉变态,
可以警世,可以平情。"(严羽语)

1　从弟:堂弟。南平:郡名,在今重庆市一带。之遥:李之遥。

2　落魄:穷困失意。

3　任公子:《庄子·外物》中的虚构人物。传说他用五十头牛
为饵在东海中钓得一条大鱼,使许多人都吃得很饱。李白引
用这个寓言,表明自己年轻时就胸怀大志。

4　逐:寻求。

5　兰生谷底人不锄:三国时刘备欲杀狂士张裕,说:"芳兰生
门,不得不锄。"意谓张虽是才智之士,但对事业有碍,也必须
除去。

6　汉家天子:指汉武帝。驷马:四匹马拉的车子。

7　天门:宫门。圣人:指唐玄宗。

8　龙颜一解:皇帝开颜一笑。

9　收:起用。沉沦:沦落不遇的人。

10　翰林秉笔:指自己供奉翰林时为皇帝草拟文词。英盼:威

武的目光。这里指皇帝注目凝视。

11　峥嵘：形容麟阁的高耸。

12　银台门：唐代宫门名，在紫宸殿侧。皇帝在大明宫时，翰林院设在银台门内。这里指翰林院。

13　龙驹：一种名马。雕镫：华美的马镫。

14　象床：象牙镶制的床。绮席：美盛的筵席。

15　谢病：因病去职。江海：犹江湖。畴昔：往昔。

16　池塘生春草：东晋诗人谢灵运《登池上楼》诗中的名句。据他自己说，是在梦中遇见族弟谢惠连时所吟得。

17　长价：增长声价。登楼诗：即谢灵运的《登池上楼》诗。

18　临海作：指谢灵运的《登临海峤初发彊中作与从弟惠连可见羊何共和之》诗。这里指自己写诗给李之遥。临海，郡名，今浙江临海市一带。

19　羊、何：指谢灵运的诗友羊璿之和何长瑜。和：唱和，用诗篇互相酬答。

上三峡[1]

巫山夹青天[2]，巴水流若兹[3]。
巴水忽可尽[4]，青天无到时。
三朝上黄牛[5]，三暮行太迟。
三朝又三暮，不觉鬓成丝[6]。

　　乾元二年（759），李白流放途中经三峡时作此诗。此诗极言三峡之险而难上也。首句"夹青天"三字妙极，把巫峡之势形容得淋漓尽致，比喻新颖奇特，虽只寥寥三字却可敷演出数十句之意。二句"指点虚妙"，"巴"既是水名又是水流形状，构思精巧。末四句化用古代民谣，描写了诗人长途跋涉的艰难和苦闷，信手拈来，自然天成，巧极又富有妙谛。全诗笔姿骏利，充满爽直之气，为太白本色。

1　三峡：即长江三峡，瞿塘峡、巫峡和西陵峡的统称。

2　巫山：山名，在今重庆巫山县东，山上有十二峰，重峦叠嶂，隐天蔽日。

3　巴水：指重庆东部流入长江的水。若兹：如此，像这样。

4　忽：迅速。

5　黄牛：山名，也称黄牛峡，在今湖北宜昌市。最高处有石，像人背刀牵牛的形状,故名。此山很高,加上水流曲折,行走几日,仍然可以望到。所以古代有"朝发黄牛,暮宿黄牛,三朝三暮,黄牛如故"的民谣。

6　鬓成丝:两鬓变成了白色。

早发白帝城 ¹

朝辞白帝彩云间²，千里江陵一日还³。
两岸猿声啼不住，轻舟已过万重山⁴。

———　此诗是李白遇赦回江陵时所作，抒写了诗人喜悦畅快的心情。首句极写白帝城之高，为全篇描写顺水船走得快这一动态蓄势。二句"千里"和"一日"，以空间之远与时间之短做悬殊对比，再次写行舟速度之快，也是对诗人喜悦轻快心情的暗示。三、四句既是写景，又是比兴，既是个人心情的表达，又是人生经验的总结，因物兴感，精妙无伦。此诗给人一种锋棱挺拔、空灵飞动之感，洋溢着诗人历经磨难之后突然迸发出的激情，快船快意，使人神远。

———　1　白帝城：在今重庆奉节县东。
2　彩云间：白帝城在白帝山上，地势高峻，从山下仰望，仿佛耸入云中。
3　江陵：今湖北江陵县。从白帝城到江陵约一千二百里。还：返回。
4　轻舟：轻快的顺水船。

荆门浮舟望蜀江 [1]

春水月峡来 [2]，浮舟望安极 [3]？
正是桃花流 [4]，依然锦江色。
江色绿且明，茫茫与天平。
逶迤巴山尽 [5]，摇曳楚云行 [6]。
雪照聚沙雁，花飞出谷莺。
芳洲却已转 [7]，碧树森森迎 [8]。
流目浦烟夕 [9]，扬帆海月生。
江陵识遥火，应到渚宫城 [10]。

───

　　此诗是李白遇赦东归，由蜀入楚，舟行至荆门山时所作。诗中描绘了出峡以后江流宽阔、原野明丽的景色和乘舟泛游的情趣，形象生动，感情热烈，流露出诗人遇赦以后轻松、愉快的心情。前六句写诗人在舟中望长江的所见所感，着重描绘长江。中六句，诗人抓住行舟远眺这一特点，移步换景，生动完整地勾勒出舟行江中的景物及状态。末四句是日暮月升之景，极富余味，给人以无垠的想象空间。此诗"如展画卷"，层次分明，脉络清晰，极富动态。

───

1　荆门：即荆门山，在今湖北宜都市西北，长江南岸。蜀江：

指今四川省境内的长江。

2　月峡：即今四川广元的明月峡。峡上石壁有孔，形如满月，故称。

3　望安极：怎么能望到尽头呢？即一望无际的意思。

4　桃花流：即桃花汛，指桃花盛开时上涨的江水。

5　逶迤：曲折连绵的样子。巴山：即大巴山，绵延于川、甘、陕、鄂四省边境。

6　摇曳：缓慢地飘荡。楚云：荆门古属楚国，故称荆门一带的云为楚云。

7　却已转：指小船继续前进，芳洲已退向另一方向。

8　森森：树木繁盛的样子。

9　流目：游目，放眼四面眺望。浦：水滨。烟夕：云烟弥漫的傍晚。

10　渚宫：春秋时楚成王所建别宫，故址在今湖北江陵县。

江夏赠韦南陵冰[1]

胡骄马惊沙尘起，胡雏饮马天津水[2]。

君为张掖近酒泉[3]，我窜三巴九千里。

天地再新法令宽[4]，夜郎迁客带霜寒。

西忆故人不可见[5]，东风吹梦到长安。

宁期此地忽相遇[6]，惊喜茫如堕烟雾。

玉箫金管喧四筵，苦心不得申长句[7]。

昨日绣衣倾绿樽，病如桃李竟何言[8]。

昔骑天子大宛马[9]，今乘款段诸侯门[10]。

赖遇南平豁方寸[11]，复兼夫子持清论[12]。

有似山开万里云，四望青天解人闷。

人闷还心闷，苦辛长苦辛。

愁来饮酒二千石[13]，寒灰重暖生阳春[14]。

山公醉后能骑马[15]，别是风流贤主人[16]。

头陀云月多僧气[17]，山水何曾称人意？

不然鸣笳按鼓戏沧流[18]，呼取江南女儿歌棹讴[19]。

我且为君捶碎黄鹤楼，君亦为吾倒却鹦鹉洲。

赤壁争雄如梦里，且须歌舞宽离忧。

——

　　唐肃宗乾元二年(759)，李白在流放夜郎途中遇赦放还，在江夏与友人韦冰相遇。刚遇大赦又骤逢故人使李白惊喜异常，满腔激愤不禁迸发，写出了这首沉痛激烈的政治抒情诗。此诗抒写的是真情实感，然而构思浪漫奇特，从遇赦骤逢的惊喜如梦，写到在冷酷境遇中觉醒，而以觉醒后的悲愤作结，使诗人及韦冰的遭遇具有典型意义，真实地反映出造成悲剧的时代特点。此诗思想成熟，艺术老练，风格傲岸不羁，个性突出，笔调豪放，具有强烈的感情色彩。

1　韦南陵冰：即南陵县令韦冰，李白在长安结识的友人。南陵，今安徽南陵县。

2　胡雏：年幼的胡人。据《晋书·石勒传》记载，石勒十四岁时到洛阳，晋人王衍看到他，对左右说："这个胡雏恐怕要成为天下大患。"这里指安史的胡兵。天津水：天津桥下之水。天津桥在河南洛阳西南洛水上。

3　张掖：郡名，在今甘肃张掖市一带。酒泉：郡名，在今甘肃酒泉市一带。

4　天地再新：指两京收复后形势好转。法令宽：指乾元二年（759）的大赦。

5　故人：指韦冰。

6　宁期：哪里料到。

7　长句：唐代以七言古诗为长句，这里指作诗。

8　病如桃李：病得像不讲话的桃李那样。

9　大宛马：古代西域大宛国所产的名马。

10　款段：行走缓慢的马，指劣马。诸侯：这里是地方长官的代称。

11　南平：指李白的族弟南平太守李之遥。豁方寸：敞开胸襟。

12　夫子：对韦冰的尊称。清论：高明的言论。

13　二千石：我国古代计算酒的容量用升、斗、石等单位。二千石是夸张的说法。

14　阳春：指春天使万物获得生机的阳光。

15　山公：指山简。山简曾任征南将军，经常骑马出游，大醉而归。

16　贤主人：指韦冰。

17　头陀：僧寺名，故址约在今湖北武汉市东南。

18　箚：古代的一种乐器。沧流：清凉的流水。

19　棹讴：鼓棹而歌。

经乱离后天恩流夜郎忆旧游书怀赠江夏韦太守良宰 [1]

天上白玉京[2]，十二楼五城[3]。

仙人抚我顶，结发受长生。

误逐世间乐，颇穷理乱情[4]。

九十六圣君[5]，浮云挂空名。

天地赌一掷[6]，未能忘战争。

试涉霸王略，将期轩冕荣[7]。

时命乃大谬，弃之海上行[8]。

学剑翻自哂[9]，为文竟何成？

剑非万人敌[10]，文窃四海声[11]。

儿戏不足道[12]，五噫出西京[13]。

临当欲去时[14]，慷慨泪沾缨[15]。

叹君倜傥才，标举冠群英[16]。

开筵引祖帐[17]，慰此远徂征。

鞍马若浮云[18]，送余骠骑亭[19]。

歌钟不尽意，白日落昆明[20]。

十月到幽州[21]，戈铤若罗星[22]。

君王弃北海，扫地借长鲸[23]。

呼吸走百川[24]，燕然可摧倾。

心知不得语，却欲栖蓬瀛[25]。
弯弧惧天狼[26]，挟矢不敢张。
揽涕黄金台，呼天哭昭王。
无人贵骏骨[27]，绿耳空腾骧[28]。
乐毅倘再生[29]，于今亦奔亡。
蹉跎不得意，驱马过贵乡[30]。
逢君听弦歌，肃穆坐华堂。
百里独太古[31]，陶然卧羲皇[32]。
征乐昌乐馆，开筵列壶觞。
贤豪间青娥[33]，对烛俨成行[34]。
醉舞纷绮席[35]，清歌绕飞梁[36]。
欢娱未终朝，秩满归咸阳[37]。
祖道拥万人[38]，供帐遥相望。
一别隔千里，荣枯异炎凉[39]。
炎凉几度改，九土中横溃[40]。
汉甲连胡兵[41]，沙尘暗云海。
草木摇杀气，星辰无光彩。
白骨成丘山，苍生竟何罪？
函关壮帝居，国命悬哥舒[42]。
长戟三十万，开门纳凶渠[43]。
公卿如犬羊，忠谠醢与菹[44]。

二圣出游豫[45]，两京遂丘墟。
帝子许专征[46]，秉旄控强楚[47]。
节制非桓文[48]，军师拥熊虎[49]。
人心失去就[50]，贼势腾风雨。
惟君固房陵[51]，诚节冠终古[52]。
仆卧香炉顶[53]，餐霞漱瑶泉。
门开九江转，枕下五湖连[54]。
半夜水军来，浔阳满旌旃[55]。
空名适自误[56]，迫胁上楼船。
徒赐五百金，弃之若浮烟[57]。
辞官不受赏，翻谪夜郎天[58]。
夜郎万里道，西上令人老。
扫荡六合清，仍为负霜草[59]。
日月无偏照，何由诉苍昊[60]？
良牧称神明[61]，深仁恤交道[62]。
一忝青云客[63]，三登黄鹤楼。
顾惭祢处士，虚对鹦鹉洲。
樊山霸气尽[64]，寥落天地秋。
江带峨眉雪[65]，横穿三峡流。
万舸此中来，连帆过扬州[66]。
送此万里目，旷然散我愁。

纱窗倚天开，水树绿如发[67]。

窥日畏衔山[68]，促酒喜得月[69]。

吴娃与越艳[70]，窈窕夸铅红[71]。

呼来上云梯，含笑出帘栊[72]。

对客小垂手[73]，罗衣舞春风[74]。

宾跪请休息，主人情未极[75]。

览君荆山作，江鲍堪动色[76]。

清水出芙蓉，天然去雕饰。

逸兴横素襟，无时不招寻。

朱门拥虎士[77]，列戟何森森[78]！

剪凿竹石开，萦流涨清深[79]。

登楼坐水阁，吐论多英音[80]。

片辞贵白璧，一诺轻黄金[81]。

谓我不愧君，青鸟明丹心[82]。

五色云间鹊[83]，飞鸣天上来。

传闻赦书至[84]，却放夜郎回。

暖气变寒谷[85]，炎烟生死灰[86]。

君登凤池去[87]，忽弃贾生才[88]。

桀犬尚吠尧[89]，匈奴笑千秋[90]。

中夜四五叹，常为大国忧。

旌旆夹两山[91]，黄河当中流。

连鸡不得进⁹²，饮马空夷犹⁹³。
安得羿善射，一箭落旌头⁹⁴？

此诗是乾元二年（759）在江夏所作，是现存李白诗中最长的一首。诗人详细描述了自己从初入京城到流放遇赦这段日子的经历和感受，同时也揭露了统治者的昏庸腐朽与安史叛军的血腥罪孽，表现出诗人同情人民疾苦、忧虑国家前途的思想感情。此诗中"清水出芙蓉，天然去雕饰"二句是历来为人们所追捧的千古佳句，后人常用此二句评价李白作品。全诗虽长却毫无拖沓之感，条理分明，脉络清晰，精于用典，表现手法不时变换，语浅意深。

1　乱离：指因战乱而流离失所。这里的乱是指安史之乱。天恩：封建时代视君主为至高无上，不论是奖励还是惩罚，臣下一律称之为"天恩"。太守：州郡的最高行政长官。良宰：韦太守的名字。
2　白玉京：古代神话传说中的仙境。
3　十二楼五城：相传昆仑山上有五城十二楼，是仙人居住之所。
4　穷：推究，对事物进行透彻的探索研究。理乱情：即治乱情，指国家治乱的道理。

5　九十六圣君：泛指历代的帝王。我国古代帝王从秦始皇到唐玄宗，约九十六位。

6　天地：天下。赌一掷：即孤注一掷，意谓尽其所有作为赌注以求一胜。

7　轩冕：古代大官乘的车子和戴的帽子，指显贵。

8　之：指"轩冕荣"。海上：指山东东部及吴、越一带的沿海地方，是李白漫游时期常游之处。

9　翻：同"反"。自哂(shěn)：自我嘲笑，含有惭愧的意思。据李白自己说，他在十五岁时曾经学过剑术。

10　剑非万人敌：据《史记·项羽本纪》记载，项羽少时，学书学剑都没有成就，受到叔父项梁的斥责。他回答说："书足以记名姓而已。剑，一人敌，不足学，学万人敌。"这句是化用项羽的语意，谦称自己学剑没有什么成就。

11　四海声：传遍全国的声名。

12　儿戏：谦指自己所写的诗篇。

13　五噫：即《五噫歌》，东汉人梁鸿经过洛阳时所作。内容指责统治集团的奢侈淫逸，同情广大人民的困苦劳累。汉章帝听到后极为震怒，下令搜捕。梁鸿就改姓换名，同妻子一起逃离京城，隐居不出。

14　临当：正当。

15　慷慨：情绪激昂的样子。

16　标举：高超。这里是杰出的意思。冠群英：超出众英才之上。

17　祖帐：古时为人饯行，在野外路旁所设的帷帐。

18　浮云：这里形容送行人数的众多。

19　骠骑亭：长安郊外送别的地方。

20　昆明：指汉武帝在长安西南开凿的昆明池。

21　十月：指天宝十一载（752）十月。这时，李白曾到幽州（治所在今北京大兴区）一带游览。

22　铤（yán）：短矛。罗星：像群星罗列。这里比喻兵器众多。

23　长鲸：这里比喻安禄山。天宝年间，唐玄宗任命安禄山为平卢、范阳、河东三镇的节度使，把幽州以北的广大地区尽数交给了安禄山。所以诗中说"弃北海""扫地"。

24　呼吸：形容时间短暂。走：移动。

25　栖蓬瀛：隐居的意思。蓬瀛，蓬莱和瀛洲。

26　弯弧：即弯弓。弧，木弓。天狼：星名，这里喻安禄山。

27　骏骨：骏马骨。传说战国时燕国郭隗向燕昭王讲述了一个千金买马骨的故事。大意是，古代有个国王要用高价购买千里马，可是买了三年也没有买到。有个人自告奋勇，领千金去买，结果却带回来一副死马的骨头。国王大怒，说："我要的是千里马，死马的骨头派什么用场呢？"这人回答："人家听到马骨头还用五百金去买，活的千里马自然就会大批地来了。"

28　绿耳：古代骏马名。空腾骧：枉自有奔腾超越的本领。

29　乐毅：战国时燕将，燕昭王用为亚卿。公元前284年曾率军击破齐国，先后占领七十余城。昭王死后，燕惠王疑忌乐毅，使骑劫代替他为将，乐毅就出奔赵国。

30　贵乡：县名，故址在今河北大名县东南。

31　百里：指一县之地。太古：指尧、舜以前的时代。

32　陶然：悠然自得的样子。羲皇：即伏羲氏，传说中太古时代的部落首领。

33　间：间隔，夹杂。青娥：指青年歌女。

34　俨：俨然，庄重的样子。成行：排列成行。

35　纷：众多。

36　清歌：清脆的歌声。绕飞梁：形容歌声优美动人。

37　秩满：古时指做官的任期已满。咸阳：指长安。

38　祖道：设宴送行。

39　荣枯：草木的繁盛和凋谢。炎凉：天气的炎热和寒冷。

40　九土：九州之土，指全国。横溃：这里比喻天下大乱。

41　汉甲：指唐军。连：接触。

42　国命：国家的命运。哥舒：即哥舒翰。安史之乱初期他领兵二十万御敌于潼关，担负着保卫京城外围的重任。

43　纳：放进来。凶渠：罪魁祸首，指安史叛军将领。

44　忠谠（dǎng）：忠诚正直。醢与菹（zū）：即菹醢，剁成肉酱。

45　二圣：指唐玄宗和唐肃宗。游豫：游乐。这里是逃跑的委婉说法。

46　帝子：指永王李璘。许专征：指唐玄宗曾命令李璘在长江中下游招募水军，稳定人心，巩固后方。

47　控强楚：因李璘当时是江陵大都督，管辖的范围相当于古代楚国的大部分地区，故称。

48　节制：指挥，约束。非桓文：不像齐桓公、晋文公那样能节制军队。《荀子·议兵》："秦之锐士，不可以当桓文之节制。"

49　拥熊虎：指李璘部下的将领都像熊虎一样骄横跋扈，不受约束。

50　去就：舍去和相从。

51　固：坚守。房陵：郡名，今湖北房县一带。当时韦良宰在那里做太守。

52　诚节：忠诚有节操。终古：从古以来。

53　仆：旧时对人自称的谦词。卧：隐居。香炉顶：即香炉峰。

54　五湖：泛指庐山附近的湖泊。

55　旌旃（zhān）：军旗。

56　空名：虚名。适：正，恰恰。

57　浮烟：浮云。

58　翻：通"反"。

59　负霜草：盖着霜得不到日光照耀的草，比喻自己含冤受屈。

60　苍昊(hào)：苍天。

61　良牧：旧称贤明的地方官。这里指韦良宰。神明：神而明之，卓越、贤明。

62　恤：顾念。交道：交友之道。

63　忝(tiǎn)：有愧，自谦之词。青云客：显贵人家的宾客。

64　樊山：山名，在今湖北鄂州市西。

65　江：这里指岷江，长江支流，在四川省中部。

66　连帆：形容船只衔尾不绝，接连而过。

67　绿如发：古人诗文中常以"绿"形容头发乌密。

68　衔山：指日落西山。

69　促酒：劝饮。

70　吴娃、越艳：泛指江南的美女。

71　铅红：敷面点唇的粉和胭脂。

72　帘栊：指屋舍。

73　小垂手：古代一种舞蹈身段，这里指一种舞蹈的动作。

74　舞春风：形容蹁跹轻扬的舞态。

75　情未极：兴致未尽。

76　江、鲍：指六朝诗人江淹和鲍照。动色：形于容色。

77　虎士：指侍卫。

78　列戟：唐代五品以上的官员可以在官署前列戟。何森森·

多么森严威武。

79　萦：缠绕。清深：指河水清澈。

80　吐论：谈论。英音：指深刻独到的见解。

81　一诺轻黄金：西汉人季布严守信用，不轻易许诺，当时的人赞美他说："得黄金百斤，不如得季布一诺。"

82　青鸟：传说是古代仙人西王母的使者。后来代称传送书信的人。丹心：赤诚的心。

83　云间鹊：高飞入云的喜鹊。

84　赦书：大赦的诏书。

85　暖气变寒谷：传说燕地有寒谷，日光少而多寒，不生五谷。后来邹衍吹奏乐曲，才引来了暖风。

86　炎烟生死灰：即死灰复燃。比喻失势的人重新得势。

87　凤池：也称凤凰池，指接近皇帝、掌管机要的中书省。

88　贾生：即贾谊。这里是作者自比。

89　桀犬吠尧：桀豢养的狗向尧狂吠，比喻坏人为其主子卖力，任意伤人。桀，夏朝末代的暴君。

90　千秋：指汉武帝时丞相车千秋（田千秋）。千秋素无才能，因上书言事，得到武帝的宠信，被任为丞相。匈奴听到后嘲笑汉朝无人。

91　旌旆（pèi）：泛指军旗。两山：指黄河两旁的太华山（西岳华山）和首阳山（一称雷首山，在山西运城市南）。

92   连鸡：群鸡同处一笼就要争食啄斗。这里比喻众节度使的明争暗斗。

93   饮马：饮马渡河。这里指渡河的部队。夷犹：犹豫不前。

94   落旄头：喻指消灭安史叛军。

与夏十二登岳阳楼[1]

楼观岳阳尽，川迥洞庭开[2]。
雁引愁心去，山衔好月来。
云间连下榻，天上接行杯[3]。
醉后凉风起，吹人舞袖回[4]。

此诗作于乾元二年(759)。开篇二句，诗人首先描写岳阳楼周围的壮美景色，从楼的高处俯瞰四周的远景，用衬托的手法来写楼高。三、四句对仗，互相映衬，使景象更加生动活泼，情趣盎然。四句想象新颖，富有独创性，着一"衔"字而境界全出。五、六句转笔回墨，恍若醉眼朦胧中的幻景，再次用衬托手法写楼高。末句情调舒展流畅，态度超脱豁达，收笔气韵生动又蕴藏着浓厚的生活情趣。全诗充满浓厚的浪漫主义色彩，自然天成。

1　夏十二：李白的朋友，排行十二，名字、生平不详。岳阳楼：即湖南岳阳西门城楼，下临洞庭湖，遥对君山。
2　迥：远。开：开阔，广阔。
3　行杯：传杯而饮。
4　回：回荡，摆动。

陪族叔刑部侍郎晔及中书贾舍人至
游洞庭五首（其二）

南湖秋水夜无烟¹，耐可乘流直上天²？
且就洞庭赊月色³，将船买酒白云边。

　　乾元二年（759）秋，李白与被贬谪的李晔、贾至同游洞庭湖，写下一组五首七绝以记其事，此诗为其中第二首，内涵丰富，妙机四溢。首句写景，兼言季节与泛舟洞庭之事。"无烟"二字极好，能见"无烟"，则湖上光明可知，未尝写月，而已得月色，极妙。二句诗人展开异想，又间接道出月景迷人。后两句写泛舟湖上赏月饮酒之乐。一"赊"字激活了月色，将自然人格化，十分亲切。此诗即景发兴，想象奇特，铸词造语极为独到，充满情韵。

1　南湖：指洞庭湖，因其在长江之南，故称。
2　耐可：哪可，怎么能够。
3　且：姑且。

司马将军歌 [1]

狂风吹古月[2]，窃弄章华台。

北落明星动光彩[3]，南征猛将如云雷。

手中电曳倚天剑[4]，直斩长鲸海水开。

我见楼船壮心目，颇似龙骧下三蜀[5]。

扬兵习战张虎旗[6]，江中白浪如银屋。

身居玉帐临河魁[7]，紫髯若戟冠崔嵬[8]。

细柳开营揖天子[9]，始知灞上为婴孩。

羌笛横吹阿鲜回[10]，向月楼中吹落梅[11]。

将军自起舞长剑，壮士呼声动九垓[12]。

功成献凯见明主[13]，丹青画像麒麟台[14]。

此诗歌颂南征将士威武的气概和严肃的纪律，表达了诗人对平定康、张叛乱的必胜信念。整首诗充满了爱国主义热情和积极乐观的精神。首二句为第一段，写胡人侵扰中原，总起全诗。"北落"至"为婴孩"为第二段，是全诗主体。前四句写"南征猛将"的威武形象，后八句从"我见"中表现军容严整，声势浩大，并赞美南征将军坐镇严伟。末六句为最后一段，写得胜归来，笙歌以庆，天子表彰，名垂千古。全诗"如汉家故事"，"颂美一时之功焉"。

1　司马将军歌：乐府"征伐王曲"调名。这首是李白模仿《陇上歌》而作的乐府诗。

2　古月："胡"字的隐语。这里指叛将康楚元、张嘉延。

3　北落：星名，即北落师门星。位置在北方，古代常用此星占卜战争胜负。如星光明亮，就认为胜利在望。

4　电曳：像闪电一样挥动。倚天剑：意谓靠近天的长剑。

5　三蜀：指蜀郡、广汉、犍为三郡，皆在今四川境内。

6　虎旗：即熊虎旗，古时主将的军旗。

7　玉帐：指主将所居的军帐。临河魁：在河魁星的方位设置军帐。古人认为军中主将须根据时历选择一定的方位设置军帐。

8　紫髯：原为三国时吴国孙权容貌的美称，这里形容南征将领容貌威武。髯，胡须。崔嵬：高耸的样子。

9　细柳开营：据《史记·绛侯周勃世家》记载，文帝后六年，匈奴侵犯边境，朝廷任命刘礼、徐厉、周亚夫分别率军屯驻灞上、棘门、细柳（古代西北要塞，在今陕西渭河沿岸），以防匈奴的袭击。一次，文帝亲往劳军，先到灞上、棘门，刘礼、徐厉恭敬地迎送，军门内外，通行无阻。后到细柳，军中戒备森严，车驾被阻不得入。文帝下诏后，周亚夫才传令开营门，请皇帝下马徐行，仅以军礼相见，没有跪拜。事后，文帝对群臣说："这才是真正的将军！灞上和棘门两处部队，就像孩子们在做游戏,容易受到敌人的袭击。"

10　羌笛:由西方部族传入的笛子,这里泛指笛。阿𩢸(duǒ)

回:即《阿滥堆》,乐曲名。

11　落梅:乐曲名,即《梅花落》。

12　九垓:九重天。

13　献凯:献捷,奏凯歌。

14　麒麟台:即麒麟阁。

临江王节士歌[1]

洞庭白波木叶稀，燕鸿始入吴云飞[2]。
吴云寒，燕鸿苦，
风号沙宿潇湘浦[3]，节士悲秋泪如雨[4]。
白日当天心[5]，照之可以事明主。
壮士愤，雄风生，
安得倚天剑，跨海斩长鲸！

───

　　李白遇赦以后，与友人同游洞庭时作此诗。此诗以洞庭叶落、北雁南飞起兴，意在言自己的遭遇与南北飘零的鸿雁一样心酸。前六句寄情于景，情景交融，暗暗透出诗人心中悲伤之感，同时也是对唐王朝风雨飘摇局势的暗示。后六句写诗人仍报国心切，立志杀敌，并没有局限于个人的身世之悲。"白日"二句，表明了诗人报国之心不死，白日可鉴。末二句则点明作者希望在这次战争中报效国家，建功立业。此诗哀而不伤，败而不馁，感情积极向上。

───

1　临江王节士歌：乐府"游侠曲"名。
2　燕：古国名，在今河北省北部一带。这里泛指北方。吴：这里泛指南方。

3　潇湘:这里指湘江。浦:水滨。

4　节士:有气节的人。这里指爱国人士。

5　天心:天中央。

鹦鹉洲¹

鹦鹉来过吴江水²，江上洲传鹦鹉名。
鹦鹉西飞陇山去³，芳洲之树何青青⁴！
烟开兰叶香风暖，岸夹桃花锦浪生⁵。
迁客此时徒极目⁶，长洲孤月向谁明⁷？

———　这首诗是上元元年（760）李白在江夏所作。诗人借鹦鹉
洲的艳丽春景，反衬自己饱经颠沛流离之苦的孤寂心情。鹦
鹉洲得名于祢衡《鹦鹉赋》，诗人过鹦鹉洲时，祢生已不在，徒
有景物依旧，诗人望景伤情，再想到祢衡，不禁感慨倍增。五、
六句状物写景，妙极，实为佳句。此诗奇逸俊秀，气格高岸，语
言淳朴自然，不露斧凿痕迹。

———　1　鹦鹉洲：武昌西南长江中的一个小洲。祢衡曾作《鹦鹉赋》
于此，故称。
2　吴江：指流经武昌一带的长江。
3　陇山：又名陇坻，山名，在今陕西陇县西北，相传鹦鹉出产
在这里。
4　芳洲：香草丛生的水中陆地。这里指鹦鹉洲。

5　锦浪:形容江浪像锦绣一样美丽。

6　迁客:指自己是流放过的人。

7　长洲:指鹦鹉洲。向谁明:意即照何人。

庐山谣寄卢侍御虚舟 [1]

我本楚狂人 [2]，凤歌笑孔丘。

手持绿玉杖 [3]，朝别黄鹤楼。

五岳寻仙不辞远，一生好入名山游。

庐山秀出南斗傍 [4]，屏风九叠云锦张 [5]，

影落明湖青黛光 [6]。

金阙前开二峰长 [7]，银河倒挂三石梁 [8]。

香炉瀑布遥相望，回崖沓嶂凌苍苍 [9]。

翠影红霞映朝日 [10]，鸟飞不到吴天长 [11]。

登高壮观天地间，大江茫茫去不还。

黄云万里动风色，白波九道流雪山 [12]。

好为庐山谣，兴因庐山发。

闲窥石镜清我心，谢公行处苍苔没 [13]。

早服还丹无世情 [14]，琴心三叠道初成 [15]。

遥见仙人彩云里，手把芙蓉朝玉京 [16]。

先期汗漫九垓上 [17]，愿接卢敖游太清 [18]。

———　这首诗是李白流放夜郎途中遇赦后，于上元元年（760）
从江夏往浔阳游庐山时所作。此诗思想内容复杂，既有对儒
家及孔子的嘲弄，也有对道家的崇信；既希望能够摆脱凡尘，

追求神仙生活,又留恋现实,热爱人间风物。全诗感情豪迈开朗,有一种震撼山岳的气概,想象丰富,境界开阔,给人以雄奇的审美享受。诗的韵律随诗情变化而显得跌宕多姿,时而自由舒展,时而昂扬圆润,高低徘徊,悠长而舒畅,余音袅袅,令人神往。

1　谣:诗歌。卢虚舟:字幼真,范阳(今北京市一带)人,肃宗时曾任殿中侍御史。

2　楚狂人:即陆通,字接舆。据《论语·微子》记载,楚狂接舆歌而过孔子,曰:"凤兮凤兮! 何德之衰?"

3　绿玉杖:传说中的仙人手杖。

4　南斗:星宿名。古代认为南斗是浔阳的分野,庐山在浔阳附近,故说"秀出南斗傍"。

5　屏风九叠:指山峰叠嶂九层,状如屏风。一说指屏风叠,在五老峰东北。

6　明湖:指鄱阳湖。

7　金阙:指金阙岩,在香炉峰西南。

8　银河:指瀑布,这里指庐山屏风叠附近的三叠泉,泉水从山上三折而下,如同银河倒挂。石梁:形状像桥梁的山石。

9　沓:多,重叠。嶂:高险像屏障的山。

10　翠影:青绿色的山影。

11　吴天：指庐山一带（春秋时属吴国）的天空。长：形容天空的广阔。

12　九道：古代传说长江流到浔阳境内，分为九道。雪山：形容长江卷起的白浪。

13　谢公：即谢灵运，他曾游览过庐山。

14　还丹：相传道家炼丹，使丹砂烧成水银，积久又还成丹砂，这种丹砂就叫"还丹"。

15　琴心三叠：道教修炼身心的一种术语。

16　玉京：道教称天帝所居之处为玉京。

17　先期：事先约好。汗漫：意谓不可知。九垓上：九天之外。

18　卢敖：传说中的仙人。据《淮南子·道应训》记载，卢敖曾周游各地，在蒙谷山遇见一人，卢邀请他结伴同游，那人笑着说："我和汗漫已约会在九天之外，不能久留了。"说完就耸身跳入云中而去。作者在这里反用其意，以卢敖借指卢虚舟。太清：道家指天空的最高处。

公无渡河 [1]

黄河西来决昆仑[2]，咆哮万里触龙门[3]。

波滔天，尧咨嗟[4]。

大禹理百川[5]，儿啼不窥家。

杀湍堙洪水[6]，九州始蚕麻。

其害乃去[7]，茫然风沙[8]。

披发之叟狂而痴，清晨径流欲奚为[9]？

旁人不惜妻止之，公无渡河苦渡之[10]。

虎可搏，河难凭[11]，公果溺死流海湄[12]。

有长鲸白齿若雪山[13]，公乎公乎挂胃于其间[14]，

箜篌所悲竟不还。

　　这是一首旧题乐府诗，描写披发狂叟徒涉渡河，为黄河急流所卷没的情景。全诗开篇就将巨笔指向了苍茫辽阔的远古，只寥寥两笔，就展现出黄河的无限声威。前十句重在描写黄河，之后顺势而下，写公欲渡河，终为河所吞。从诗中对黄河的描述看，它那狂暴肆虐、滔天害民之行，似乎颇有象征意味。至于"白齿若雪山"的"长鲸"，似乎更是另有所指。全诗蕴意厚重，意味深浓，"狂叟"其人，未尝没有诗人执着追求理想的影子。

1　公无渡河：又名《箜篌引》，乐府"相和歌辞·瑟调曲"调名。相传是朝鲜霍里子高的妻子丽玉所作。据《古今注》记载，霍里子高早起撑船，见一白发狂夫横渡急流，其妻阻之不及，夫堕河死，妻乃弹箜篌而唱"公无渡河"之歌，声甚悲凄，曲终，也投河而死。子高归告其妻丽玉，丽玉引箜篌而写其声，闻者为之泪下。无，通"毋"，不要。

2　昆仑：指昆仑山，在新疆、西藏间。

3　触：撞击。龙门：即禹门口，在山西河津市西北，是黄河西来的必经之处。两岸峭壁对峙，形如阙门，故名。

4　尧：传说中古代部落联盟的领袖。陶唐氏，名放勋，简称唐尧。传说他曾设官掌管时令，制定历法，咨询四岳，推选舜为继承人。死后由舜即位，史称"禅让"。咨嗟：叹息。

5　大禹：传说中古代部落联盟的领袖。姒（Sì）姓，名文命，也称禹。原为夏后氏部落领袖，奉舜命治理洪水。相传他领导人民疏通江河，并兴修沟渠，发展农业。在治水十三年中，三过家门而不入。后因治水有功，继舜担任部落联盟领袖。

6　杀湍：减弱迅急的水势。堙：堵塞。

7　其害：指黄河水患。

8　茫然：辽阔无际的样子。

9　径流：径直徒步渡河的意思。奚为：何为，做什么。

10　苦：竭力。这里是偏要的意思。

11　凭河：涉水渡河。

12　海湄：海滨。

13　雪山：形容长鲸白齿的巨大。

14　挂胃：悬挂。

闻李太尉大举秦兵百万出征东南懦夫
请缨冀申一割之用半道病还
留别金陵崔侍御十九韵 [1]

秦出天下兵，蹴踏燕赵倾[2]。
黄河饮马竭，赤羽连天明[3]。
太尉杖旄钺，云旗绕彭城[4]。
三军受号令，千里肃雷霆[5]。
函谷绝飞鸟，武关拥连营[6]。
意在斩巨鳌，何论脍长鲸[7]？
恨无左车略[8]，多愧鲁连生[9]。
拂剑照严霜[10]，雕戈鬖胡缨[11]。
愿雪会稽耻[12]，将期报恩荣。
半道谢病还，无因东南征。
亚夫未见顾，剧孟阻先行[13]。
天夺壮士心，长吁别吴京[14]。
金陵遇太守[15]，倒屣相逢迎[16]。
群公咸祖饯[17]，四座罗朝英[18]。
初发临沧观[19]，醉栖征虏亭[20]。
旧国见秋月[21]，长江流寒声。
帝车信回转[22]，河汉复纵横[23]。

孤凤向西海，飞鸿辞北溟[24]。

因之出寥廓[25]，挥手谢公卿[26]。

　　上元二年(761)，安史叛军残部史朝义向东南窜扰，太尉李光弼率大军出征。年已六旬的李白闻讯毅然决定从军，不料行至金陵，因病无奈折回。此诗是李白晚年的重要作品。全诗先叙李太尉"东南征"之壮势，继陈"请缨病还"之缘由，末述与金陵挚友饯别之情景，情发乎心，真挚感人。此诗结构严谨，层次井然，风格沉郁，笔调悲凉。诗人老当益壮，为国尽忠之心不灭，令人动容。

1　李太尉：即李光弼，唐代大将，柳城(今辽宁朝阳市)人，曾任太尉、兵马副元帅等职。上元二年任河南副元帅、太尉兼侍中，率领八道节度使出镇临淮，抗击史朝义。秦兵：这里指唐王朝从长安征发的士兵。懦夫：李白谦称自己。请缨：汉武帝派终军为使，前往南越(今广东、广西一带)说服南越王来朝，终军行前请求受长缨(即长绳)，表示一定要把南越王缚送到长安。后来即以"请缨"喻请命从军杀敌。一割之用：东汉班超欲征服焉耆、龟兹，以孤立匈奴，在上皇帝的奏章中说自己"奉大汉之威，而无铅刀(铅质不锋利的刀)一割之用乎"，作者引用此语，表示自己虽然衰老，但还能为国家出一点力。崔侍御：即崔成甫。十九韵：一首诗中有十九个韵脚，即指本诗。

2　蹴踏：践踏。燕、赵：战国时北方的两个国家，这里指安史叛军占据的北方。倾：覆灭。

3　赤羽：古代军旗和武器上的羽毛装饰。

4　云旗：兵马云集。彭城：郡名，治所在今江苏徐州市。

5　肃雷霆：形容李光弼治军严明。

6　武关：在今陕西商洛。

7　脍：细切的鱼肉，这里是细切的意思。长鲸：指史朝义。

8　左车：李左车，秦末赵国谋士。赵亡后，依附韩信，韩信曾用他的计谋攻占燕、赵等地。

9　鲁连生：即鲁仲连。

10　严霜：比喻宝剑的闪闪寒光。

11　雕戈：刻有花纹的平头戟。鬘（mán）：应作"缦"。鬘胡缨，一种粗糙没有纹理的缨。

12　会稽耻：春秋时越国被吴国打败，越王在会稽向吴王投降。为了雪耻，他卧薪尝胆，激励自己，终于灭掉了吴国。

13　亚夫：周亚夫，汉景帝时名将，沛县（今江苏沛县）人，曾任太尉，后任丞相。剧孟：西汉洛阳（今河南洛阳市）人，以任侠闻名。

14　吴京：指金陵。金陵曾为三国时吴国的京城，故称。

15　太守：指崔成甫。

16　倒屣：据《三国志·魏书·王粲传》记载，东汉蔡邕听到王粲来访，因急于出迎，连鞋子都穿倒了。屣，鞋子。这里是以蔡邕比喻崔成甫。

17　群公：对送行的人的尊称。咸：都。祖饯：设宴送行。

18　朝英：当代有才能的人。

19　初发：启程。临沧观：即金陵新亭，又名劳劳亭，在金陵的劳劳山上，是古代送别的地方。

20　征虏亭：亭名。

21　旧国：旧时都城，指金陵。

22　帝车：星名，即北斗星。回转：有规律地运转。

23　河汉：银河。纵横：形容银河中的星群密集交错。

24　西海、北溟：这里泛指大海。

25　寥廓：空阔。指高空。

26　谢：辞别。公卿：指崔侍御。

赠何七判官昌浩[1]

有时忽惆怅，匡坐至夜分[2]。
平明空啸咤[3]，思欲解世纷。
心随长风去，吹散万里云。
羞作济南生[4]，九十诵古文[5]。
不然拂剑起，沙漠收奇勋[6]。
老死阡陌间，何因扬清芬[7]？
夫子今管乐[8]，英才冠三军[9]。
终与同出处[10]，岂将沮溺群[11]？

———

　　此诗作于上元二年（761），当时安史之乱已经延续了七年，百姓陷入水深火热的境地。诗人此时已届暮年，仍念念不忘为平乱出力，解救百姓于水火，为国建功，不愿做一个只能"诵古文"的书生，与耕隐同类。此诗任意挥洒，将诗人的热心侠肠和盘托出，全诗"起接超忽不平，一片奇气，其志意英迈，乃太白本色"。

———

1　何七判官：名昌浩，排行第七，当时可能任某节度使判官。

2　匡坐：正坐。夜分：夜半。

3　平明：黎明。啸咤（zhà）：大声呼喊。

4　济南生,指西汉的伏生,名胜,济南(今山东章丘)人。西汉的《尚书》学者都出于他的门下。

5　古文:泛指古代文字。这里指《尚书》。

6　沙漠:泛指北方疆场。收:取得,这里是建立的意思。

7　清芬:高洁的品德,这里指美好的声誉。

8　夫子:对何昌浩的尊称。管、乐:即管仲和乐毅。管为名相,乐为名将。诸葛亮曾自比管、乐。

9　冠:超过。三军:泛指全军。

10　出处:出仕和隐退。这里是偏义复词,专指出仕。

11　将:与,跟。沮(jū)、溺:长沮、桀溺,春秋时蔡国的两个隐士。

宿五松山下荀媪家 [1]

我宿五松下，寂寥无所欢。
田家秋作苦，邻女夜舂寒 [2]。
跪进雕胡饭 [3]，月光明素盘。
令人惭漂母 [4]，三谢不能餐。

　　此诗开头两句写出诗人的寂寞情怀。三、四句一"寒"字
十分耐人寻味，它既是形容舂米声的凄凉，也是推想邻女身上
的寒冷。五、六句转回主题写主人荀媪，姓荀的老妈妈特地做
了雕胡饭，是对诗人的热情款待。在这样条件艰苦的山村，老
人拿出这盘雕胡饭深深感动了诗人，令他想到了曾经送饭给
韩信吃的漂母。他再三致谢，实不忍享用荀媪的这一顿美餐。
此诗风格极为朴素自然，诗人用平铺直叙的写法叙事，语言清
淡，不露雕琢痕迹而颇有情韵。

1　五松山：山名，在今安徽铜陵市。荀媪：姓荀的老年妇人。
2　夜舂寒：夜间舂米非常寒冷。
3　跪进：古人接待客人时起身奉物，是一种恭敬的表示。雕
胡：即菰米，菰在不结茭白的情况下长的籽实，可以做饭，味极
甘美。

4　漂母：冲洗丝絮的妇女。据《史记·淮阴侯列传》记载，韩信年轻时很穷困，有一漂母见他挨饿，常分自己的饭给他吃。这里是用漂母代指荀媪。

哭宣城善酿纪叟[1]

纪叟黄泉里[2]，还应酿老春[3]。
夜台无晓日[4]，沽酒与何人[5]？

这首五绝是李白在宣城哭一位酿酒老人所作。诗以质朴的语言，表达了真挚动人的情意。纪叟的逝世，引起诗人深深的惋惜和思念。诗人痴痴地幻想这位酿酒老人死后的生活，看似荒诞可笑的遐想，却说得那么真切，使人认为这是合乎人情的。诗人沿着这条思路继续深入一层，采用设问式提出痴语：李白尚在人间，好酒又卖与谁呢？沽酒与酿酒本为平常小事，却最见真情，最令人感伤难忘。全诗感情真挚自然，十分动人。

1　善酿：善于酿酒。纪叟：姓纪的老人。
2　黄泉：地下的泉水。这里指旧时所谓阴间。
3　老春：酒名。唐代的酒多以"春"字为名，如"老春""大春"等。
4　夜台：指墓穴。墓中不见光明，如同长夜。这句一作"夜台无李白"。
5　沽酒：卖酒。